班 马 著

中国当代儿童文学理论文库

中国儿童文学理论批评与构想

方卫平 主编

河北出版传媒集团
河北少年儿童出版社

图书在版编目（CIP）数据

中国儿童文学理论　批评与构想/班马著.—石家庄：河北少年儿童出版社，2023.11
（中国当代儿童文学理论文库/方卫平主编）
ISBN 978-7-5595-3938-0

Ⅰ.①中… Ⅱ.①班… Ⅲ.①儿童文学–文学评论–中国–当代 Ⅳ.①I207.8

中国版本图书馆CIP数据核字（2022）第247548号

中国当代儿童文学理论文库

中国儿童文学理论　批评与构想
ZHONGGUO ERTONG WENXUE LILUN PIPING YU GOUXIANG

方卫平　主编
班　马　著

选题策划：段建军　孙卓然	责任编辑：闫韶瑜　赵　正
美术编辑：季　宁　孟恬然	装帧设计：陈泽新等

出　版	河北出版传媒集团　河北少年儿童出版社
地　址	石家庄市桥西区普惠路6号　邮编　050020
	电话　010-87653015（发行部）
发　行	全国新华书店
印　刷	河北新华第一印刷有限责任公司
开　本	720毫米×1020毫米　1/16
印　张	10　彩插0.25
版　次	2023年11月第1版
印　次	2023年11月第1次印刷
书　号	ISBN 978-7-5595-3938-0
定　价	62.00元

版权所有　侵权必究

班　马　中国儿童文学行动派作家，游戏精神理论的倡导者和实践者。现主持绿人儿童智库和少年旅行者俱乐部。作品主要有小说《六年级大逃亡》《没劲》《李小乔的幽秘之旅》《小绿人》《巫师的沉船》《夜探河隐馆》《老木舅舅迷踪记》等，理论学术著作主要有《中国儿童文学理论　批评与构想》《前艺术思想》《游戏精神与文化基因》《游戏精神与儿童中国》《儿童散文之道》等，以及《大国少年》(将出)。

方卫平　鲁东大学儿童文学研究院名誉院长，近年出版个人著作《童年观与中国当代儿童文学》《中国儿童文学四十年》《儿童文学的难度》《方卫平儿童文学随笔》《方卫平儿童文化答问录》《方卫平学术文存》(10卷)等。

目录

绪言　必要的痛苦过渡 / 001

第一章　走出自我封闭的儿童文学观念 / 005

　　闭锁在"儿童状态"上的时间自我封闭 / 007

　　　　童年研究 / 007

　　　　童年，向前延伸出一条未来发展线 / 008

　　　　童年，向后延伸出一条原始遗传线 / 010

　　　　文化基因 / 012

　　闭锁在"学校生活"上的空间自我封闭 / 013

　　　　师生对话的定势 / 013

　　　　天敌的冲突 / 014

　　　　天生的亲缘 / 018

　　　　未来实践 / 022

　　　　一条同步的历史线索 / 023

　　成人作者和儿童读者的审美心理旧边疆 / 026

　　　　严厉的儿童王国 / 026

　　　　大人的儿童王国 / 027

第二章　儿童反儿童化 / 028

　　儿童读者的梦：超越自己 / 029

　　　　一部儿童阅读史的启示录 / 029

儿童审美心理动力 / 031
　　儿童视角的投射 / 034

从身体的扮演走向精神的扮演 / 037

　　游戏精神 / 037
　　心理能量：追问童年的身体与情感 / 038
　　游戏的现象与意味 / 039
　　游戏规则 / 041
　　向精神扮演和思维操作的迁移 / 042

儿童阅读状态一窥 / 044

　　"儿童读者"的概念 / 044
　　厚度、陌生化与逆语文课 / 046

儿童阅读快感分析 / 048

　　线性思维与儿童文学通俗性 / 048
　　感知性动作与儿童文学兴奋点 / 050

模糊阅读方式 / 052

　　模糊边界 / 052
　　奇妙的择书与奇妙的读解 / 053
　　朦胧的世界图像感 / 055
　　儿童读者又是生长中的成人读者 / 056

前审美 / 058

　　幼儿、儿童、少年的功利文学 / 058
　　试问"儿童文学"的主调 / 061
　　学习大于欣赏 / 062

第三章 传递 / 065

一场文学的成年仪式 / 066

"代"意识在儿童文学上的观照 / 066

两种身份感之间的精神对话 / 068

重生与心理转换 / 070

对话、代言与暗语 / 073

破译成人作家的儿童梦 / 074

"童心"疑考 / 074

"童心"作为一种人格力量 / 077

成人对"稚态"的感觉模式 / 080

扮演儿童的身份 / 082

原生性的心灵 / 085

游戏性写作心态 / 086

"儿童水平"批评 / 089

儿童文学作家的特异素质 / 089

这个国家与这颗星球的箴言 / 092

畅销之谋 / 094

自控 / 097

中国当代儿童文学中青年作家的创作情绪趋向 / 100

第四章 现代儿童文学艺术的美学意味 / 105

"顽童"形象的意义 / 108

一个永恒的主题:成熟 / 108

不想做孩子的孩子 / 109

儿童自我意识中的"哥白尼式革命" / 111

"叔叔"型人物的功能分析 / 113

儿童心理能量与儿童能力反差的精神补偿 / 114

社会经验的预习性学习 / 116

操作与技能 / 118

女孩与少女的文学审美走向 / 120

女性身份意识 / 120

一般儿童心理之属 / 121

装饰性审美阶段 / 122

"童话后"阶段 / 124

自恋性少女阶段 / 126

少男少女述异 / 129

释放 / 131

文学符号与儿童心理能量 / 132

"力"高于真善美 / 134

野与神秘 / 136

"委屈"：儿童悲剧心理 / 137

"说"之癖与"说"之抑 / 138

形式挪前 / 140

现代寓言形态的审美复合层次 / 141

"大认识母结构"的审美介入方式 / 145

结束语 / 148

主编小记 / 150

绪言
必要的痛苦过渡

20世纪80年代的中国儿童文学正处在一个对自身功能难以自识、也无法定势的历史过渡期之中。

我也以为，扰动的现象是来自于对教育的困惑。教育派的儿童文学观念占有着主导地位，虽然已显示出了它有悖真正的儿童文学审美本性的严重局限，但却仍将维持相当一段的未来时间。这是知局者的痛苦的来源。

这又是一个中国大结构下的困惑。

晚清及"五四"以来，并没有给中国产生一位足以自豪的儿童文学大家人物的机会，因为历史不允许。20世纪20年代中国现代文学先驱者中有多少位瞩目的人物曾与儿童文学发生过联系，然而历史作证，他们身不由己，不过是中国儿童文学的匆匆过客。

这时代是一个不断被"救亡"警策着的时代。启蒙的、文化的、审美的建设不能不退居到软弱的一边。

我们怎能责怪沈雁冰、郑振铎、郭沫若，甚至鲁迅，为什么浅尝辄止而不更多地参与儿童文学的文化构建。我们似也无法妄评丰子恺和冰心的走向禅意和母爱的那种恬淡、阴柔的倾向。我们甚至还不能过分责难黎锦晖的转向商业文化的屈服。

于是，动荡的危亡的中国现代史，迫使了中国现代儿童文学的生存不得不依凭于教育界才得以维系。"五四"新文化人物之中便只有叶圣陶的追求和风范对以后的儿童文学界发生着实际的影响，也产生了实际的延续。

在这泱泱封建文化大国，在这苦难的百年史中，只有教育界的殷殷人士和教职怀着拳拳爱心天然地参与进了儿童文学的事业，勉力地争取着儿童文学的一席之地，令后来者敬仰不已。

然而敬仰阻止不了思考。对延续至今的教育派的儿童文学观念，国内早已有许多人提出了批评，审视的目光集中在审美功能和儿童文学本体的文学性上。毋庸讳言，由于历史的制约和教育学功能的统摄，使得中国儿童文学一直未能从理论探讨上触及真正具有儿童美学意义上的课题；而且，就是在社会学的意义上也远没有纵深的阐述，更可悲的是，即在教育功能的观念上也仍停留在"五四"时代所传播的近代西方教育思想和儿童观。

中国的儿童文学依凭于教育，也受制于教育。

但我以为，特别以"儿童文学"这一形态而言，其间的审美功能和教育功能并不是决然不相存的。相反，真正那种文学的、审美的儿童文学，在中国的历史、现状以及未来一段时间之内几乎都是无法提及和生存的。

这是中国社会进程的苦果。

中国未来岁月中的儿童文学,其生存方式不得不重演历史而将仍然依凭于教育。

然而这并不意味着传统的教育学功能仍可继续下去。且不谈它自身的局限已萎缩了自己的发展,仅是正在当代渐露头角的商业文化就将会淹没了它,这在中国儿童文学的现代史上是曾留下过深刻印痕记忆的。儿童读物的商业化在通俗文学的前奏下是尤其容易形成的,为教育派所深恶痛绝的所谓"海淫海盗"的东西的泛滥之势将已不仅是一种遥远的忧虑了。

更不待言,于20世纪80年代新起的一批对儿童文学更有审美价值追求的中青年作家们,同样将受到商业文化的冲击,中国的动荡进程以始料不及的速度来临,已不允许他们坐定下来实施回归儿童文学本性的美学探索和建构。

当这一批整体上含有文化追求倾向的作品,第一次与教育派的儿童文学观念发生较有实质性的冲撞之时,它们是明显带有一种反拨的意味的;而教育派也基本是以疑虑和抵制的态度来迎接挑战的。然而,当他们共同面临商业文化的形态之时,也许会回首发现,对方在对待儿童文学事业的态度上起码是真诚的,认真的。对儿童接受机制问题的过早责难便显得有些浮躁而失去了根本性的把握。因为一种文学追求尚旨在探寻其"功能"之道,不能不说是极其执着的表现。

正是在追求儿童文学功能的发展这一根本性的问题上,他们却是一致的,教育派在萎缩中寻求突破,文化派在偏激中尝试探索。

中国当代儿童文学首先现实地释放出它艺术载体的潜在功能来,既是自救,也是发展。它应该可以在发生论的观念下统一起儿童文学与教育的共同功能。它并不以无奈地划分出雅文学和俗文学为对策，而是重新释放儿童文学本身就潜藏有的魅力。它将把真正本体的理想暂时痛苦地埋藏起来以待未来，而首先以自己的艺术手段和活力走向必要的过渡，面对中国的实践——

这是我在此所寻求的。

第一章 走出自我封闭的儿童文学观念

中国发展较迟的儿童文学，至今还未能产生出一种具有系统性和应用性的理论体系。但长期以来，有一个十分带有中国色彩的观念影响着我国的儿童文学界，也广泛渗透在一般中国人的意识中，那就是"童心"的提法。

"童心"一词虽早在《左传》中便已出现，在几千年的中国传统文化洪流中，它也屡屡地被运用于诗文议论中，但始终是一个模糊性很大的、缺乏具体理论内容的玄妙性观念。然而，"童心"的模糊性，却带来了很大很广甚至是很深的概括性，是一种朴素直观的整体把握。

宏观水平上的结构分析的整体把握，已成为现代的功能研究方法之一，这为我们从新的层次上来透视和阐发"童心"的具体内涵，并探讨儿童文学审美功能的整体结构提供了一个机会。

"五四"文化运动的先驱者曾经站在中西文化的初次交界点上，

替"童心说"添补过近代观念的"儿童本位"的意识。然而遗憾的是,"五四"新文化的局限以及之后的断裂,同样反映在中国的儿童观上面,我们的意识没有随着时代而发展,因而毋庸讳言,本身就缺乏明确具体理论内容的"童心"观念在近几十年的实际传播当中,已经形成了一种片面强调"儿童中心主义"的、一切以俯就"儿童"为出发点的儿童文学意识。这种把儿童和儿童文学理解为与成人和成人社会是两个完全不同层次的意识上的人为界限,实际上造成了我们一味向下去追求儿童状态的趣味,一味钻进儿童王国的狭小天地的自我束缚之中。这种"以小为美"的观念,几乎有意或无意地笼罩了我们的创作和出版的整个气氛,也在理论上自我封闭了儿童文学作者－儿童文学作品－儿童读者之间的整体功能结构中的潜力和开放的活性。

这种自我束缚以各种方式表现在整个形态上,实际上已成了一个惰性的、萎缩的封闭系统。它的功能性不是在与外部交换中激活,而是在近亲的圈内退化。

它在功能的封闭性上有四方面的主要特征。一是闭锁在"儿童状态"上的时间自我封闭。二是闭锁在"学校生活"上的空间自我封闭。在这样状态的时间、空间的营构中,儿童文学已成了一个局促其间的狭小儿童王国,这又造成了以下的心理功能的束缚:儿童文学成人作者创作心态上的自我封闭和儿童读者审美心理动力的封闭。

我们首先以此来对儿童文学艺术载体的功能,对其封闭与开放,作一个总体的把握。

闭锁在"儿童状态"上的时间自我封闭

童年研究

我们一直强调的是儿童的年龄特点,在人生的发展线上框定了一个"儿童"的界限,带来了十分浓重的"层次"的意识,并把这个儿童的层次明白地区别于成人。所以,我们也谈人物,但谈的是"儿童特点";我们也谈文学性,但谈的是"儿童化";我们也谈美学追求,但谈的是"儿童情趣"。我们总在围绕着"儿童"谈儿童文学。我们在这个界限之内建立起一个儿童王国。

这种追求的历史来源是"儿童本位"的近代思想,它的理论基础则是"层次"的意识。从这种把握出发,在儿童文学创作和艺术形态上我们便竭力追求从成人的层次降低到儿童的层次,力求成人作者表现出儿童层次水平上的儿童状态,整个儿童文学的审美态度成了一种俯身向下的视角,渴望着进入儿童水平的体验。

这种观念以年龄的划分和社会存在为限定,区分出了一个有别于成人和成人社会的美学范围,以为超越了这一范围便是超越了儿童文学的特性,它的精神是尊重儿童"现在"的实际状态,尊重儿童作为"一"的初始的、较低的阶段。

在成人对儿童本身进行研究的各门学科中,"层次"是一个极为重要的概念。如艺术表现,九十老人齐白石的画同七岁儿童卜镝的画具有各自的美学价值,因为它们是两个不同层次的美感表现。如心理学现象,儿童认知与判断的方式与成人是属两个层面上的机制。

但是，当我们把关注在儿童文学这一具有创作和接受形态的目光也同样关注在儿童本身的状态、追求儿童层次水平上的儿童表现之时，却无意中违背了两个重要事实：一个是文学阅读接受上的事实，那就是忽视了儿童读者的审美心理投射，颠倒了成人和儿童谁才是儿童文学的审美主体这一视角位置，作家一心写儿童，却不等于儿童本身的审美视角就只是有"儿童"；另一个是儿童文学创作的成人主体观照上的事实，那就是这"儿童"在成人认识理解水平之下的内容是儿童对象本身无法把握的，只有在高于儿童水平的眼光下，"儿童"真正的内涵才能得到充分的反映。儿童自己不能揭示"儿童"。

这其实是接触到了一个关于"时间"的开放性功能理解上的儿童观，也是从玄幻的对童心的追索走向一种人生的对童年的把握。

童年，作为被文学眼光所关注的人生一大现象，应将其置于人生其他阶段的总结构之中。它不再是一个独立的层次，而是人生线性发展之中的一个极其重要的中介——我认为，对儿童的理解，是一个涉及生命体和社会性的由来、生长的时间概念，对待这一活的生长物，恰恰应取一种线性的观点，而不能把儿童仅仅限定在零到十四岁，并在此限定中观察其表现。可以突破纯粹生理年龄和社会生活圈的界定，从封闭的模拟走向开放的参照。儿童这个"一"，其实是向来和去两头延伸并产生生与长两端的两条延伸线。

童年，向前延伸出一条未来发展线

生命的成长性，寄寓了无限的未来时光。尤其对儿童，未来同现在之间更有着深刻的关系。现代儿童心理学和现代教育学的一个主要标志，就是注重未来发展；现代的儿童观，已深具回寻的意识，也就是发生学的观念，对"儿童"的理解开始渗透了"早期"的认识。早期的提出，则正是强调对未来的影响。人们回寻毕加索早期绘画里那些半人半兽的形象来源，精神分析学说回寻人的早期童年行为，探索人类思维认识规律的皮亚杰必须回寻早期儿童心理结构的发生。这种儿童观的眼光，是从将来的角度回过头来看待现在状态下的儿童。现在时态的儿童，变成了将来时态的儿童。人们日益关注并领悟到某种后期状态往往在早期的发生状态中已被相当程度地决定。

这种从时间上对儿童作回寻的观照，在功能上将启示我们的儿童文学。中国当代儿童文学已经出现着这样的变化。其一是儿童已不再仅是"单纯幼稚"的平面处理，儿童变得很有意味起来；童心也不再仅是观赏性的天真情趣，童年变得复杂莫测起来。其二是出现了主题的"未来忧患"和人物性格的"早期强化"，作家们提出了以儿童文学来重新塑建未来民族心理结构的艺术主张。这种从功能所阐发出的儿童内容，使传统的仅去追随"儿童水平"的作品顿时显得游浮于表象。

在这一条对童年理解的未来延伸线上，还另有一个十分重要的功能释放，那就是与儿童渴望长大的心理视角相顺应，从而打开儿童的"心理时间"这一无限悠远的文学投射视野。童年期的儿童心灵，绝不是童年期的年龄所能框定住的，儿童心理视角早已超越了儿童年龄的限定而投向了各色的未来实践，所谓"童心"，若仅作小儿状，那实在是极大的误会。

这种功能上的未来投射，正是以儿童极欲摆脱自己的童年状态这一心理事实为基础的，从中可以看到那种一味追求儿童状态的文学趣味只是一种适得其反的误解。把握儿童审美形态的心理时间投射功能，将使儿童文学突破似是而非的幼态追求，由儿童出发却可接触到儿童之外的广阔人生，并将使儿童文学走上一条深具当代意识的预习性学习的发展轨迹。

在此还应指出，有不少玩味于儿童状态和童心的追求，是存有成人的"出世"寄寓的。而对儿童和儿童文学在时间上作未来发展功能的追求，可以说其在本质上与中国古人对待儿童"发蒙"的观念有相通之点，即强烈地采取一种"入世"的态度。入世，正是人类对儿童和未来关系的最深沉的思考。

童年，向后延伸出一条原始遗传线

我们习惯"儿童是新生"的观念，却还比较陌生于"儿童又是最古老的"这一认识。

其实现代研究早已告诉我们，儿童并不是纯粹以一块可任后天随意书写的"白板"状态来到这世界上，各类遗传信息的因素、文化形态积淀的因素、无意识之中的多种承古因素，正日益被人们挖掘和认识。儿童，作为人类代代相传延续的连环中的一节，是承载着一大笔包括生理、心理、行为和文化背景的遗产降生的。童年期深深蕴含着古老的东西，"儿童"与"古老"产生了有意味的联系，直至时间的悠远之处。

儿童文学正可以从这一条原始遗传的延伸线上，触及本民族的深根和文化原型，并特别适合进入梦、神话、仪式和游戏中所载有的（本民族整体文化心理的）"古老的残余"之中，启示着我们从中去显示童年期特有的、超乎成人更易流露的个体无意识和集体无意识的遗传信息。这在"五四"时期就有人曾经加以关注过。确实，儿童文学一旦走向人类学和发生学之后，它的宽广性一定令人惊叹。

这也许会引起仅追求儿童"现在"状态趣味的人的责问。

然而，我们首先从儿童本身的心灵与行为的表现上不难看出：他们是天生与动物性、原始狂野、超验感、神怪趣味、本能冲动等等相伴的。儿童小说《祭蛇》之所以是一篇力作，其中一点就是它多少透露出了一种民族的、原始的儿童味。

再从对童年作原始遗传延伸理解的另一重要内容——遗传性文化的透明度上来看，则可以把握到儿童文学作者在进入这一领域的创作态度上原本有着一种传递圈的功能的。这涉及遗传和传递的后天关系问题，我认为，对遗传不但要承认其先天的内容，还应有对文化遗传的后天认识：这就是人类的成人（包括儿童文学成人作者）在面对下一代时，在与儿童对话的文化传递中，天生就有讲述原始文化的冲动，天生就有着回溯到源头的古老追求。而且，本能产生出一种过滤和净化了的历史情绪，它具有穿透性，往往穿透成人社会观念的堆积层而重新接回到童年的信息上，这被天然唤起的童年信息，则又是他的上一代在他童年期对他传递的。代代相传，进化（积淀和整合）的遗传信息成了一个循环的人类对儿童的传递圈。正如童年时代耳闻目睹的歌谣、民间故事和民族游戏等等，到了成年早已埋没遗忘，然而成人一旦开始抚育自己的下一代时，面对儿童，则天然地又会重新唤醒。这种传递功能，以及成人面对儿童的文化态度，启发着我们思考儿童文学的悠远性与透明度之间的关系。

文化基因

如果重新来看待儿童，从更高的层次上来观照童年，那就无疑使我们获得了一种发生学的眼光。

都说童年期是人生的幼苗，那么，它朝未来的方向所延伸出的是高高的枝叶，是向上。而向下，它朝原始的方向所延伸出的则是深深的根须。这生与长的关系，应该有一种平衡。儿童文学一旦获得了"发生"的意识，它也许就会在它的主题语言中更明白了自己的魅力，这语言简简单单，却又悠悠远远——

"我是谁？我从哪里来？要到哪里去？"

回响着的是来与去的时间之问。

儿童是"一"。

这是中国的一个很有意味的符号。它是简单的，又是复杂的；它是一个基数，又有着万卦；它是直朴的，又可作无限延伸。

一生万物。万物归一。

我觉得它能以一种中国的方式表述出儿童的发生意味。

若作现代的功能的表述，我们则似有理由把儿童当作一种"文化基因"来看待，它既控制着未来生长的进程，又携带着历史的密码原本。

闭锁在"学校生活"上的空间自我封闭

师生对话的定势

我国的儿童文学曾一度几乎给人一种"学校文学"的印象。长期以来，无论在功能的指向、作品的题材和主题、评论的价值标准、理论研究的目的，甚至在儿童文学作者队伍的组成、出版等方面，都深深打上了学校的印记。

无疑，学校生活是儿童文学一个很大的关注对象，自有着无尽的题材、主题和趣味，但是以此将之视为正宗儿童文学，则会出现极大的审美功能上的偏差。这种导致我们逐步误入了与学校发生单一联姻状态的指导思想仍是儿童中心主义，与上述追求儿童本身状态的文学观念是紧密相关的。提倡写"儿童生活"，是儿童文学界中一个非常响亮的口号。儿童的生活状态，若从现实来看，那便自然地推导出就是"学校生活"了。

这除了在外在的文学题材和表现力的现象中造成了明显的封闭状态之外，还有着更为深层的功能上的束缚，甚至对真正的儿童文学美学追求来说，实际上还造成了一种异己的功能作用，那就是把儿童文学的审美功能，无形中纳入到了学校教育功能的认识范畴，这带给了我们理论和创作上无尽的自扰。

儿童文学本应与儿童读者是一种文学对话的关系，却演变成了一场充满教化的师生对话的形象课程。

许多本属于是学校的职能，却强烈地渗透进了儿童文学之中；

许多实质上是属于教师与学生的问题，却大量地成了儿童文学作品的主题。这种教化的意识，更为严重的侵蚀是几乎指导了我们对儿童文学的作用、态度和目的的评判，使我们的作家和创作常常无意或有意地将自己纳入学校的旨意和教师的观念，成了学校功能的代言人。文学，变成了教化的工具。

这种现状已为许多人揭示，在此不述。

天敌的冲突

我们是否应对提倡写"儿童生活"的提法作更深层的理解——是"儿童生活"？还是儿童的"精神生活"？

传统观念仍然是在儿童读者是审美主体的角度这一问题上，没有予以理解，从而颠倒了功能的指向。只一味地追求反映"儿童状态"，仅把儿童作为文学描写对象，却正是没有理会到儿童读者主动性的审美活动；把儿童文学的视野、区域局限在儿童本身具体的生活空间，却正是忽视了对儿童来说更为本质的精神生活的投射需要——一种精神空间。

精神空间区别于像"学校"那样的现实区域的物理空间，它把儿童读者对文学有精神投射的功能因素考虑在内，重视儿童读者在审美态度上对外部世界的主动追求，从而突破局限在"儿童生活"的狭小描写空间。

其实，只以写"儿童生活"为目的，却并不直接导致就是儿童文学的性质。

狄更斯的许多小说纯纯粹粹写的是儿童生活，然而不被认作是儿童文学。田德里亚科夫的一些完全以学生生活为内容的小说，也从不入儿童文学之林。倒是恰恰相反，大量的文学现象往往正表现在那些完全脱离儿童生活空间、脱离学校空间的作品反而强烈带有儿童文学审美的本质，这在战争、探险、科幻等众多题材的作品成为儿童读者的热衷读物这一明显事实上反映得很清楚。我们还能从儿童文学的本源上看到这种现象，那些在历史上就吸引孩子们的夏夜的口头文学传播者，那些炉边的讲故事的人，好像都不是儿童生活的记录者。如果对神话、民间故事和童话试加系统考察，便可清楚地看到，其间正是充满了关于战争、恩仇、悲欢离合的社会题材故事，充满了关于勇士、水手、君王的成年人物形象，充满了大山、海洋、宇宙的广阔活动背景。再以《安徒生童话》（叶君健译本）作一统计，全集共计一百五十八篇作品，其中完全写儿童活动的，为二十八篇，而完全写成人世界的作品，为六十四篇（尚不包括极其大量的王子与公主的故事）。

不难看出，精神上的投射和补偿，是儿童心灵上对文学需要的一个重要追求，提供精神生活的广阔活动空间正是儿童文学更应关注的一大功能。

从这一点上，我们也才能看清真正的儿童文学审美趣味与以学校功能为代表的传统教育观念之间的天然冲突，它已不仅是题材方面的反映，更本质的是作家关注儿童的精神生活与学校的教化思想之间的功能理解上的严重冲突。

热衷于"儿童状态"的追求，表层上是一种成人表示欣赏态度的玩味，而深层中则是教化意识的评判。总在以学校教育的种种观念、种种规范、种种指导，进行着训世。好孩子和坏孩子的尺度总是高高在握。从它的功能机制中，往往就天生地透露出它执行的正统道德观延续、禁忌延续、道统社会延续的等等滞后性职能——从这样的基本形态中演化出来的儿童文学，只能是教化掩盖了审美，只能处于一种师生对话的功能定势之中。

它对儿童的精神生活常起一种扼杀的作用。

这是许许多多精神空间奔放阔大的童年成为悲剧的缘由，也是许许多多描写这种悲剧的作品在主题上都呈现出与学校相对抗的缘由，这还是无数真正有儿童气的优秀儿童文学作品在其历史遭遇中，竟总是首先与教育界发生冲突的缘由。

其中在现代有世界性风波的，如阿·林格伦的《长袜子皮皮》，描写了一个精神上狂野无羁、毫无规矩学生样的女孩，这一满世界闯荡，什么事都想玩一玩试一试的儿童形象，在教育界发生过一场长达几年的评判公案。美国作家塞林格的《麦田里的守望者》，写了一个反学校的男孩，在社会上经历种种精神游历的故事，则更被定为禁书，受尽以教育界为代表的百般诋毁。然而历史又恰恰证明，这两本真正反映了儿童和少年的优秀作品终被世人所赞誉，它们超越了好孩子还是坏孩子的评判，深刻揭示和释放出了少年儿童的精神生活，是体现童年心理现象的杰作。

这种冲突还反映在气质和情趣上。囿于学校生活的狭小圈子，热衷于求索儿童状态的表现，总是在替儿童文学涂上过分的甜味，带来软性，充满家气，以适合传统儿童文学的阴柔气质。困守在这样的儿童王国的狭小艺术容器里，使我们无法产生气象恢宏的力作。这种阴柔气质氛围的造成，是中国儿童文学的理论、创作和评论的基调实质上被一种低幼文学的审美观所控制。不能不指出，在对"童心""儿童生活""儿童情趣"的理解上往往取的是一种针对低幼儿童的态度。也不能不指出，我们现有的儿童文学理论，在观点上往往还是表现为低幼文学审美观的层次水平上，并实际上替代了中高年级以上儿童文学的审美性。

这种低幼文学，常取一种祖孙对话的模式。社会学上有"祖孙隔代对话"的结构形式；而低幼文学作品也常常出现老爷爷、老奶奶、白发仙人等等祖辈人物形象。这种模式又往往以一种"出世"的态度，充满仁慈、温馨的情绪，回避假丑恶，淡化一切世间矛盾，循循善诱，诱入一个真善美的平和世界，泯灭孩子们所有想要自作主张的念头，藏起禁果，把一切都结束在快乐和笑声中。然而实质上，这种阴柔态度隐蔽着极大的禁欲主义倾向，埋藏着教化意识，委婉之中却有严厉的管制。

这样形态的儿童文学，是不允许产生那种野孩子式的儿童行为的，是要关闭起一片莽莽苍苍的大地的，因而，是无法期望产生有如《哈克贝利·费恩历险记》这类力作的。

然而，寻求着拓宽中国少年儿童的心灵空间，寻求着壮阔、狂野和潇洒气质，却正成为当代中国儿童文学部分中青年作家的明显指向。从外在的题材性来看，他们首先突破的正是局限于学校生活的狭窄空间。

他们一时齐约走出"学校"，走向宏大的社会场景和文化背景，实在是一种反拨。而从中也可以看出，他们对现今学校功能所派生出来的儿童现象怀有深刻的忧虑，也对文学上的教化状况表明深刻的批判。他们更看重儿童文学的审美功能，首先充满着训练的意图，欲把孩子们放到风风雨雨的世界上去，而唯恐孩子们不惊讶，不思考，不成熟。所以他们关注的不是对儿童状态的欣赏，而是想促使孩子摆脱童年态度，以应付未来的挑战。

他们也命定地表现出了与学校教育的对立。

但我以为，这种一时的走出"学校"，毕竟只是一种题材中心转移的时代创作现象，它绝不意味着学校生活将被儿童文学舍弃，相反，它正隐伏着更大的创造力等待着新型的开发，它何时蓦然回首的一天，将是教育正确地被儿童文学理解并融合之日。

宏观意义的教育功能是儿童文学更大的宿命。

天生的亲缘

学校的职能，并不等同于教育的功能。

教化的态度，也并没有触及教育的旨趣。

有待改革和进步的陈旧教育观念更不能与现代教育思想同日而语。近代注重儿童本位的教育观已为历史陈迹，现代的教育思想更为注重的是未来发展。

这无疑将使我们对传统儿童文学观念的立论产生深刻的反思。

反思的其中一个重大内容，就是那个长期以来困扰着中国儿童文学界的问题：儿童文学与教育的关系。

我以为，这种困扰正来自我们对两方面的"功能"总在作单方面角度的思维——当我们只取成人的角度提出"儿童文学是教育儿童的文学"时，或当我们只取儿童的角度提出"儿童文学是为儿童的文学"时，便都无法摆脱教育对文学的外加性，也无法回避儿童与教育的内在联系——从而陷入了二元论的困境。

我想在此提出"儿童文学－教育"一体化的思考。

我认为可以从发生论的功能角度来探讨儿童文学与教育之间所

原本存在着的极内在、和谐的天生关系，探讨教育是如何不可缺少地同化在儿童文学的审美根本规律之中的。并可运用这一"双亲"的核心功能，突破自我封闭系统，走向既广阔又相关的儿童文学艺术空间。

这种功能一体化的关系，首先是以一种特殊的形式表现出来，那就是——天生的干预带来天生的亲缘。

我们可以发现，尽管传统儿童文学在观念上存在着种种的自我封闭形态，追求一个独立的儿童王国，但是却有一个无法形成自我封闭的现实：儿童文学的存在（流通形式）不得不受到成人和成人社会的强烈干预。

无论在哪种形态的社会中，儿童文学都不可能领到一张"童心"的特别通行证。这种密切的干预主要来自家庭、社会、时代、出版等方面。

家庭。儿童文学的存在与传播受到家庭的很大影响，自古以来就表现出家庭性的特色，比如要依靠成人传播的夏夜乘凉故事和冬夜炉边谈话。

选择权并不全在孩子一方。至现代，这种家庭的制约性不是减弱了而是得到了强化，现代家长开始直接关心、安排和审查孩子的读物内容。我国儿童文学的注意力尚主要放在学校方面和老师方面，还没有充分关注到家长对儿童文学的重要影响。我认为应该对我国家庭中家长的结构变化给予注意，即在现代独生子女三人核心家庭结构之中，"祖孙隔代对话"的形态基本已不复存在，从抚养到教育，都是父母一代直接与孩子的对话。这在性质上将有极重要的区别，主要表现为一种更"入世"的态度。如以目前这一代家长而言，他们是受过 20 世纪五六十年代"真善美"儿童文学的熏陶的，却又经历了"假丑恶"的十年"文化大革命"，无疑他们的态度是反思型的，并将强烈影响子女的观念形成。这一代家长大都具有深厚的社会意识，迫切希望扩展孩子的精神空间和适应能力，他们绝不会对儿童状态持长久的欣赏态度，而更希望孩子在信息社会中尽快尽早地成熟。他们的自我实现可以说已经丧失，也许比任何一代父母都要更为强烈地将未竟的自我投射到孩子身上，对孩子审美观点的形成实施有力介入。此外，家庭对儿童文学的干预制约还有另一重要内容，即在购书的权利上，没有经济能力的儿童，则更完全依附家长，家长的倾向可以说是决定性的。书要到儿童手里，存在着这种现实的成人干预。

社会。社会思潮指导着现行的审美观念主流，儿童文学的意识不可能摆脱这一主流。特别是当一个社会在经历了痛苦的损耗，想重新复活的时候，整个社会会滋长起一种异常关注下一代去向动态的情绪，这种情绪常常表现出强烈的控制色彩。对造成悲剧深层缘由的反思的目光，对不允许悲剧重演的思考的目光，都会投向儿童。一个社会在生存危亡时期对下一代延续问题的严厉态度是与平安时期不同的，一个落后的社会在面临信息时代的素质竞争的局面下，也会对下一代取一种严厉的训练态度。当代中国社会在这两方面都是严峻的，因而在它的社会思潮中，已很少有对儿童状态的欣赏情绪了，在它的权力机构和精英文化层之中是会时时有着干预意识的。

学校。作为社会有机体的一部分，学校对儿童文学更具有制约力，它的满意与否，对儿童文学的表现施加了巨大的影响，因为它相当大的程度上代表了社会直接控制着儿童。它与家庭的关系，既有家庭延伸的功能，也有与家庭对立的机制，而在介入孩子审美观念形成上一样有着强有力的干预权力。

作家。儿童文学本身的形态上存在着一个无法解脱的"对位"矛盾现象，这就是儿童读物必经成人作者之手。说到底，儿童文学的主动权不在儿童，而归于成人。

出版。儿童文学出版物作为一种商品的特点也许更远远超过其他，因为它常常表现出（成人）购书者并不是本书读者的参与性，也可说儿童读物的出版考虑时常是集中体现了诸如家庭、社会、学校、作家等等的干预性质。

可见，儿童文学存在的形态，不能不在相当大的程度上受制于成人和成人社会，出现一种人类的天生的干预！

我以为，教育正是从这种宏观的角度——即成人、成人社会对下一代的一种本能的关注——来介入儿童文学的。

它的干预是儿童文学无法摆脱的。

但这种干预并不存敌对性。

恰恰相反，我认为正是这种干预，对儿童文学产生了极重要的意义。正是成人和成人社会的这种参与意识，才对儿童文学的存在、发展，甚至获得一定的社会地位都起着一种维护作用。

这种教育形态同儿童文学之间更存在着内在和谐，它的干预往往不是外加的，而恰恰能得到"响应"；它的干预不允许长久形成儿童文学的自我封闭状态，因为惰性的、退化的自我封闭系统终将走向无力的消亡趋势，而儿童文学要突破自我封闭状态却正要凭借外界的这一干预。儿童文学自身的审美机制，本身便存在着对这一外来干预的响应，这是一个功能上的"符号－响应"系统。

天生的干预带来了天生的亲缘。

教育与儿童文学，教育性与文学性，两者相融而不产生排斥作用，必定存在着深深的功能上的亲缘力。

未来实践

当从整体去把握儿童文学的开放系统之时，我们可以发现，其间以各种形式同外界成人社会进行交互作用、最活跃的接触点都紧紧联系着"发展"的动因。

在空间的开放形式上也一样，摆脱了儿童中心主义的观点，不局限于儿童本身的状态，而是以未来的能力这一发展的眼光来看待"儿童"。这样的儿童文学艺术空间追求，不再把局限的儿童状态作为美学目标，而把追求儿童的未来表现作为自己的美学价值。这里，"儿童"已成了渴望长大成人的"儿童"，童年成了盼望长大的"童年"。

我们把它叫作未来实践。

正是它，在功能上与教育的核心功能呈现出一致性，两者在这一根本动机和功用上融洽地、对应地统一了起来，产生了宏观的一体化形态。

儿童本身的审美心理，与成人和成人社会对儿童的审美观念期望，都表现出了一致的基本追求：摆脱儿童状态。

预习性学习的功能，十分明显地显示出来。

这种对未来实践的审美追求，将突破局限在儿童生活、学校生活的狭窄艺术空间，从而走向儿童视角与成人视角共同感兴趣的广阔的社会生活。

当代中国儿童文学也不得不受控于这种宏观的儿童文学 – 教育一体化的形态，其受控的机制则是在于儿童观的演进，这是一体化形态的外显现象。儿童观的演进，在宏观上不可分割地又深深联结起了儿童文学与教育的天生关系。

一条同步的历史线索

儿童文学是如何反映出与教育在功能上的亲缘关系，可透过历史，清楚可见：它们之间竟呈现出一种完全同步的演进现象。

人类的远古时代，尚没有教育的概念，而只有生存的疑问和生存的需要，存在着的便是神话。

漫长的中古时期，在农业社会的宗法气氛之中，最初的教育是以伦理性的面目出现的。那时期的儿童故事（也就是广义儿童文学的童话、民间故事）所传达出的也正是伦理的主题，是绵绵不断的关于善与恶、好人与坏人的故事。

17、18 世纪，近代教育随着工业社会的兴起而出现，它所重视的则是知识的教育。儿童读物上的新时代倾向十分明显，出现了随地理大发现、科学发明而盛行的乐观的作品，出现了实质上是介绍瑞典地理、民俗的《尼尔斯骑鹅旅行记》，流行了宣扬资本主义上升时期知识万能的《鲁滨孙漂流记》，以及凡尔纳的科幻小说等等。

特别值得指出的是，《安徒生童话》正出现在这道近代教育崛起、工业社会诞生、浪漫主义文学消退的时代分水岭上。我们往往注意的安徒生前期那部分童话色彩浓厚的作品，它们其实还属于农业社会的产物；而我们未加注意的他后半生的作品中有着极其明显的知识性特点，他写社会经验，写时代风尚，写民俗，写万国博览会和世界第一条海底电缆的科幻，甚至写到了哥本哈根全城的发展情况（《干爸爸的画册》）。人们可以留恋安徒生的前期童话，但无法留住时代。令人深思的是，安徒生之后的世界儿童文学主流，走上的却正是他后期作品的指向，即日益走向现实的、社会性的道路，如《哈克贝利·费恩历险记》《苦儿流浪记》等代表性作品。

现代、当代教育思想在儿童观上采取了明显的指向未来发展、开发能力的态度。布鲁纳关于"学习是一种主动的发现活动"思想，维果茨基关于教学应在超出学生水平状态的"最近发展区"思想，以及早期教育、创造性教育等等思想都如此。这些都显示出了一个重要的倾向：注重对儿童应付未来挑战能力的培养！当代著名未来学派罗马俱乐部在其研究中，提出了"预期性学习"和"参与性学习"的思想，其精神令人深感是一种向人类原始的"成年仪式"教育方法的现代回寻，意在促使儿童在走向未来之前提前获得能力上的准备和心理上的准备。

与此同时，现代、当代世界儿童文学的变化如何？

德国格列泼斯儿童剧院的纲领明确表示："我们的目的是要帮助儿童和青少年认识生活、评判社会，增加他们的自信心和立足社会的能力。"国际安徒生奖获得者、德国儿童文学作家凯斯特纳的名作《埃米尔捕盗记》和《两个小路特》，都体现出一种鼓励儿童在突然面临困境和生活挑战时去自主、积极地应对，依靠自己的能力去解决问题的态度。在英国，低幼读物中还保留一些伦理说教，而中高年级读物则广泛地涉及各类具体的社会问题。苏联的儿童文学评论也在讨论"一个时代的复杂问题的解决常常停留在'儿童'水平上，而没有把它提到严肃的、负责的高度来看待"（格拉西莫夫《创作的使命》）。根据小说改编的苏联儿童电影《白比姆黑耳朵》，如实地告诉儿童，社会是一个有善有恶、善恶斗争，并常常以恶为胜的社会，以增强儿童的适应能力。美国的儿童文学和青少年读物则分型成了具体的各类、各年龄、各专门生活或社会问题的形态，更强调"挑战"的主题。日本20世纪70年代曾引起合家前去观看的著名影片《狐狸的故事》，反映出日本人的现代心态，表现出极其赞赏儿童脱离父母羽翼的保护，独立走向冰天雪地、走向竞争环境的精神——类似这样的旨在走向未来挑战和能力、加强心理预习性学习的主题观念，在当代各国儿童文学作品中都已呈主导倾向。

从这一条如此同步的儿童观演化的历史线索中可看出，教育是在宏观的观念和根本的功能追求上影响、制约并有益地介入儿童文学，而儿童文学对此的接纳也正是在同一对应的功能效应上与其同步同功。

教育和儿童文学是两个不同的系统，有着各自的规律，如果错误地把本属于学校范畴的思想教育、道德教育、政治教育或卫生教育等"教育观念"直接介入审美的儿童文学，只能导致外加性的干扰，并最终要受到排斥。

只有在对应的"儿童观"的观念上，在对应的"未来实践"的功能上，这两种不同规律的系统才呈现出宏观意义上的一体化形态。教育，也只有在这种亲缘力的理解下，才能同化进儿童文学的审美机制之中，并促使儿童文学不局限于学校生活的藩篱，走向本应是开放性的广阔的艺术空间。

其实，盖达尔的小说对我们早有暗示。他取名为《学校》的儿童中篇小说，写的却并非学生本身的学校生活。学校，在盖达尔那里早已经是一种扩展的、延伸的新观念了。

成人作者和儿童读者的审美心理旧边疆

严厉的儿童王国

一再自叹的中国儿童文学，习惯于诉说自己的不被重视，也习惯于孤芳自赏。不从自我封闭的天地中走出来，却倒把"童心""儿童化"神秘化。不能不说，这是一种消极的和退化的态度。

在上述的时间、空间自我封闭的艺术容器内，我们首先看到：

在纵的方面闭锁住了人生时间的总长度——历史感。

在横的方面闭锁住了社会全方位的空间——覆盖面。

这正是我们的审美价值的弱点：缺乏深度和广度。

致力于追求"儿童状态"和"儿童水平"的儿童文学观念，甚至可以心安理得地公开把这深度和广度出让给所谓"成人文学"。

在这样营构之下的艺术格局，容纳不了气象万千的作品，容纳不了视野宽广的理论体系，也容纳不了我们常常为之喟叹的、为之气愤或为之悲哀的那些有美学追求的优秀作家，他们的出走和离去，难道就没有作家深层的苦恼？难道就没有创作心态的压抑？

寻求探索儿童文学作家的创作心理动力，探索一种开放的、对应儿童读者审美心理的艺术表现力和美学价值，是本书的一个重要内容，将在第三章《传递》之中详细表述。

大人的儿童王国

在对儿童文学自我封闭形态的透视中，已经十分明显地突兀出了一个关键的问题，即对"儿童状态"的追求实质上是一种对儿童文学审美功能的极大倒错——儿童文学的精神实质，并不在我们所追求的"儿童"，而在"儿童读者"。儿童读者的审美心理动力才是儿童文学审美功能的主体方面。

可以说，我们以前所表现出来的是一种"向儿童"的态度，总在主张成人作者要蹲下身子，去俯就儿童，去化为儿童状态，取的是一种向下的成人的角度。而我认为，从儿童读者审美主体的视角出发，是否恰恰存在着一种"反儿童化"的儿童态度？

这就提出了一个儿童心理视角的问题。

审美主体位置的倒错，审美视角的倒错，是构成整个儿童文学自我封闭功能形态的美学失误之根源。这种视角之别，带来了儿童文学观念上的牵一发而动全身的重大偏差。

我们追求的是一种大人眼光下的"儿童王国"。

儿童视角的功能却正是向成人世界投射而去。

我以为，从探讨和认识儿童审美心理动力及其功能这一问题入手，也正可以牵一发动全身，而得以思考一种开放的、活力的儿童文学整体功能结构。

我们的儿童文学需要从自我封闭的状态中解脱出来，走向新边疆。而这种理论、创作、美学上的新边疆，却首先要从儿童读者的心灵内部本身渴求地向外发散，才能得以合理地扩展。

第二章 儿童反儿童化

长期以来，我们对孜孜追求的"儿童化"的理解仅流于表层，甚至出现了严重的偏差。它的审美趣味指向和实际内涵已被广泛理解为是一种反对有任何成人化倾向的、致力于达到儿童状态的追求。同时，这一境界也被视为儿童文学的最高标准，以为这就是儿童特点了。

我认为，这种追求其实存在着极大的倒错。

当我们怀着尊重儿童的愿望竭力"向下"俯就儿童的时候，是否却不知以儿童自己的心理视角恰恰有一种"向上"的倾向？当我们致力于对儿童状态的欣赏和描摹时，是否竟没有理会到儿童的那种极欲摆脱童年而向往成年的心情？是否注意到当成人作者追求着"模仿"儿童之时，真正的儿童却正追求着"模仿"成人的活动？

是否存在着"儿童反儿童化"这样一种美学的悖论？

正因为在儿童身上存在着许许多多的"小"，才促使儿童视角渴望着许许多多的"大";正因为儿童身上存在着许许多多的"弱",才导致儿童视角追求许许多多的"力";也正因为儿童本身状态的"幼稚",才产生出儿童的精神投射强烈地指向成人化的"成熟",指向窥探成人社会生活的未来实践。

我认为这是儿童文学美学研究中一个值得深究的重大问题,它将影响我们对儿童审美现象和机制作出深层理解的把握与透视。

儿童读者的梦:超越自己

一部儿童阅读史的启示录

我们一直无法回避一个有目共睹的事实,即儿童往往热衷于那些并不是儿童文学的成人文学作品。

长期以来儿童文学理论界对此视而不问,问而不答,或以似是而非的紧张性、故事性来做无力的表层解释。我认为对这一显著的儿童阅读现象作追根寻源的深层探讨,也许正是进入儿童读者内心的一条途径。

《鲁滨孙漂流记》全然不是为儿童所写,但很多孩子都把它当作自己的读物。同样,很多中国人都看过的《水浒》《三国演义》这一类成人读物,也大都是在年少时所读。据传,西班牙菲利普三世在皇宫阳台上看见底下一个学生一面看书一面狂笑,便说这学生定是在看《堂·吉诃德》,果然不错。20世纪60年代就曾有人提出疑问:为什么非儿童文学的《铁道游击队》使孩子们那样入迷,而当作者后来又专以儿童读者为对象写成的《铁道游击队的小队员们》一书，反而不太受小读者注目？

世界儿童文学宝库中仅有的几本经典名著就有《格列佛游记》《罗宾汉的故事》《西游记》《鹅妈妈的故事》《金银岛》等纯粹的成人文学。而凡尔纳的科幻小说，欧洲的流浪汉小说、冒险小说、侦探小说以及种种成年人物传记，往往是儿童读者寻觅阅读的书籍。若再从各国儿童的阅读倾向来看，西欧、北欧的孩子热爱看海盗故事，美国孩子热爱看西部故事和超人故事，苏联孩子热爱看第二次世界大战的战争故事，中国孩子热爱看武侠故事……都能从中窥见这一现象。

近年来，人们曾谈论我国儿童文学领域中似乎没有出现过那种爆炸性的文学现象，其实在儿童读者中是曾掀起了非同小可的热潮的，那就是广大中小学生几乎废寝忘食地收听、收看和阅读那些尚武精神强烈、颂扬兼智兼勇人物的文学作品，而这些作品大都不属于儿童文学作品。

又从个人看——李白"十五观奇书，作赋凌相如"；陆游少时竟已迷恋于陶渊明情致高远的作品，"吾年十三四时，侍先少傅（注：指其父）居城南小隐，偶见藤床上有渊明诗，因取读之，欣然会心。日且暮，家人呼食，读诗方乐，至夜，卒不就食"；拿破仑自九岁进布里埃纳军校学习，便热衷于读普鲁塔克所著的《传记集》这一名著的法文译本以及恺撒所写的《高卢战记》这一军事著作，以致军校的图书馆长说，即使在年幼时，拿破仑就已经企图从许多古代英雄的身上寻找自己未来的形象。

这种人生早年的阅读经历影响个人经历的现象，是举不胜举的，古今中外，在很多人的身上都存在着。

这种具有特殊快感的阅读经历——为大人所禁而偏欲为之，也是人生戏剧的一个普遍序幕。

从这种"小人读大书"的现象中，可以看到另一个十分明显的选择上的统一倾向：为什么儿童（主要表现为中高年级）一般不选择《红楼梦》《安娜·卡列尼娜》等言情类的成人文学作品，而总是把目光首先投向英雄式的、历险式的、以写人的"能力"为主的文学作品？这里一定有着儿童审美心理上的深刻原因。

儿童审美心理动力

对这种儿童阅读的特点和现象，儿童文学如果仅以"好奇"来作出对答，显然是流于表面的，因为它不能解析人类的好奇心与儿童的好奇心之间的区别，也不能解析儿童读者显示出来的向往成年人物和成人活动这种强烈阅读倾向中的动力机制。

其实，诸上现象已明示我们：这些成人文学作品吸引儿童读者的魅力所在，并不在于它们对儿童状态的反映，而恰在于对儿童状态的摆脱。

儿童的这种渴望着超越自己儿童状态的心情，竟然表现出古今中外都强烈一致的社会现象——

少年杜甫已表现为"脱略小时辈，结交皆老苍"；陆游自忆"绍兴初，某甫成童，亲见当时士大夫相与言及国事"；明末少年民族英雄夏完淳少时便与父亲同僚作堂上谈。这些都是一种少年对成人谈话的极大兴趣。

普鲁塔克曾记述，亚历山大十三岁时竟请求家庭教师亚里士多德为他写了一本论治的《王道论》；少年戴高乐曾利用自己的身高，精心装扮成当时的常胜将军费德尔布将军，然后去敲自家的门；基辛格从小就心驰神往于单枪匹马穿城过镇的西部牛仔。这些行为都是一种少年对成人活动的强烈渴慕。

若有兴趣对儿童行为作一番社会学的考察，则处处可见他们身上的种种"反儿童化"的表现——任取一个班级，对其绰号统计分析，即可看出其间明显的成人化的倾向：以"老"相称，以怪杰相许。在儿童群体中，秘密结社与仪式，皆是在模仿成人社会。小学高年级学生以看动画片为耻，初中一年级学生出校立即扯下红领巾，以此摆脱幼时的标志。男孩的热门杂志是航空、舰船、兵器、摩托车等刊物。如研究儿童涂鸦，也可看出一到中高年级以上，便从幼时墙头上本能和咒语性涂画转向纸上的投射性涂画，内容都为成人活动的想象……如此，不一而足。这都使我们要追究"儿童反儿童化"的审美心理动力问题。

从现代的认识水平来探讨，"儿童"所代表的已不再仅仅是天真、快乐、无忧无虑的那样一个童心世界。相反，儿童期其实是一个充满压抑感、焦虑感的困惑时期。这是受到人类的童年状态、童年环境、社会化进程等影响的一个社会学和心理学的复杂课题。

人类的生育和延续，存在着哺育期特别长的现象，这在与动物的比较中可明显看出，人类的婴儿远比动物的幼兽软弱无助。许多大动物的幼兽只需一百来天时间即可自行捕猎，有些动物是在出生之际便有飞或跑的能力，而人类幼小生命的维系以及人脑成熟结构的制约，使得儿童在相当长一段时期内几乎完全依赖成人。成人的抚育和行为对儿童是至关重要的。"同成年人的交往，是儿童积累

知识和形成高级情感（喜爱、高兴、痛苦、委屈、同情、留恋等等）的基础和很重要的条件。"（柳布林斯卡娅）

儿童期与环境发生重大冲突一般表现为两大阶段，一是脱离母亲的哺乳与抚育，被称为"生理性断乳"；二是开始越过家庭的圈子而初次走进社会之际，被称为"社会性断乳"（费孝通）。尤其是第二次的社会性断乳阶段，更容易形成儿童时期精神震荡。心理学研究告诉我们，十岁左右是一个儿童情绪上极不安的时期。而我们要探讨的也就是这以后的一段少年儿童审美心理现象。

这种儿童与环境之间冲突的最大表现，是儿童开始发现自己处在一个软弱的地位，无论是从身体上，还是从情感上，无论是从力量上，还是从精神上，他都无法回避自己是一个弱小的存在。如以种种"禁忌"而言，对儿童确实是一种痛苦的遭遇，本性处处都迎头碰上管束的力量，虽然这种禁忌是成人和成人社会对儿童进行的一种有益的社会化，但在孩子的情绪里则是一种压抑。此外，当初步进入社会之后，儿童又直接受到各样的社会性刺激——无疑，他们更多遭遇的是排斥和嘲笑的境遇，是大量抑制愿望的禁止和不许，然而凭借自己的儿童状态又无法战胜全部的挑战，这些一次次痛苦地加深儿童意识到自己的软弱地位。

霍妮将此称为"焦虑"，阿德勒称为"自卑感"。

阿德勒认为："这种自卑感就是他作为一个儿童，之所以要连续不断地浮躁不安，渴望进行活动，扮演各种角色，和别人比斗气力，预料未来的情景以及他在身体上和心理上进行准备的原因。"

可见，儿童竭力想克服自身的软弱感，竭力想摆脱自己的"儿童"形象，从而积极追求带有强烈"相关"倾向的信息，儿童首先是走向需要的审美感觉力的，这一时期，他们最敏感地关注的便是涉及"大"与"小"、"强"与"弱"这一类关于能力的问题。

《格列佛游记》之所以能在儿童文学经典著作中占有一席之地，显然就因了其中有"大人国"和"小人国"的故事。可想而知，当儿童阅读之时，仿佛自己一会儿也成了巨人，一会儿又处在一个满是巨人的世界里，其趣味全在大与小、强与弱的视角转换上。而"小人国"似乎更受儿童欢迎，也写得更为精彩。当一块手帕大到能做小人国皇宫典礼厅的地毯，当格列佛医生不得不睡在用一百五十张小床拼起来的"床"上，当小人国的首相被放在手掌上并塞进上衣口袋中去的时候，怎么会不使孩子们因内在的潜意识得到了夸张的释放而狂喜呢？

美国的利昂廷·杨写过一本儿童研究著作，书名就叫《巨人的生活：儿童对成人世界的看法》。史蒂文森《一个孩子的诗园》中有一首《被子的大地》，也传神地透露出儿童的这种意象："……我是个伟大的严肃的巨灵/在枕头叠成的山上坐镇/凝视着面前的山谷和平原/做有趣的被子大地的主人。"

阿·林格伦那充满儿童狂野的想象、力量和行为的《长袜子皮皮》，全书最末的一句话，是这个了不得的小姑娘冲着远去的朋友（也是向着小读者们）大叫——"我大起来要当海盗！"她叫着说，"你们呢？"——作品深深触动了儿童内心中的那股愿望，极大程度地释放出了他们的心理动力，就此捅破了儿童的秘密。

儿童视角的投射

伴随着儿童身心和认知结构的发展进程，伴随着"儿童自我中心状态"的消退、可逆性思维的生成，儿童在与环境的冲突中，在追求能力的学习中，真正的自我意识开始成长。

这刚出现的自我，首先是寄寓在儿童想象之中的，这种带有梦幻性质的想象，具有反抗的倾向——他变成了无所不能的勇士和智者，在心理上沉迷于把自己归入成年人，而暂时摆脱儿童形象，借以达到这一时期情感波涛的平静，这在心理学上被称为"抛锚"。

儿童的心理视角强烈地指向成人和成人的社会活动。儿童身体与情感的全部出路，只有在达到成人的状态之上才能得以平衡，尽管目前还只能通过想象加以补偿。

儿童对成人的深刻印象，除了在追求补偿之外，还表现为努力地使自己进入（成人）社会。家庭的权威、老师的权威、社会的权威，使儿童深感成人运用着一套行事法则，这是他们进入社会时所极想窥知的。

儿童的现在，对他们自己来说意义较小，未来，成了控制儿童当前行为的目标值。理解儿童视角的这种窥视，理解儿童渴望成年的精神投射，意识到儿童读物具有的给予或释放儿童情感的补偿功能，这些正被一切优秀儿童文学表现出来。

在苏联著名儿童小说《铁木儿和他的队伍》中，作者盖达尔是那么熟悉儿童群体的秘密。以"政委"自居的铁木儿和以"大王"自居的克瓦金各率一支儿童伙伴集团，十三岁的铁木儿有模有样地组织起了一支模仿红军的队伍，队伍设有秘密司令部，有种种仪式和暗号，完全效仿成人军事化，这部作品深受儿童读者喜爱，获得了极大成功。

我国20世纪60年代的儿童小说《小兵张嘎》，嘎子的鲜明形象正表现出处处模仿成年人物的特色。另一中篇小说《微山湖上》，创造了一个至今还不多见于我们儿童文学作品的自我感强烈的农村男孩小驹子，他的一摆手、一句话都竭力接近于成熟样，他常为自己不能做得更像大人而生自己的气，以他为首的三个男孩偷着进湖，就是因为渴望去干放牛这种成人的活儿。

马克·吐温的《汤姆·索亚历险记》，以一种美国文学风格痛快地描述了儿童厌恶平庸的生活而偷乘木筏到密西西比河一个沙岛上去学做海盗的冒险故事；约翰·斯坦贝克的《红马驹》也是杰出的儿童文学作品，写了西部牧场一个十岁男孩裘德，他总是注视着一个叫倍雷的叔叔的一举一动，他常会凝视着地平线上的山脉，想象着山脉后面的"远方"，他盼望着有自己的一匹马，因为骑上自己的马就是一个男子汉了。斯坦贝克写道："孩子们从千百年来的传统中，学到了步行者对骑马人的羡慕。他们本能地认为骑马的人，无论在实际上还是在精神上，都比步行者伟大。"

写出不想做孩子的孩子，写出渴望摆脱儿童状态而追慕成人的儿童表现，往往才达到真正的儿童气。

这里，未来的成人形象则成了一种"角色"，这种角色深入儿童之心，深化在儿童的想象与行为之中。儿童总在扮演未来的各种角色。而这种扮演活动，正是儿童审美现象上的一个最外显的形式：模仿。

从身体的扮演走向精神的扮演

游戏精神

游戏，几乎就是童年的象征。

游戏活动与儿童审美活动之间，游戏精神与儿童文学之间，存在着极为深刻的潜在联系。这也是探讨儿童审美发生问题的一个重要的环节。

儿童的游戏活动，明显与戏剧表演有着相通之处。在这一点上，斯宾塞曾认为儿童游戏属于一种成年人活动的戏剧性表演，是想象的满足。斯坦尼斯拉夫斯基则更纯粹地从演剧观点对儿童游戏做过分析，他对儿童能轻易"进入角色"的这种获得假定性的本领大为惊叹，甚至对演员们这样表示："等你们在艺术中达到儿童在游戏中所达到的真实和信念的时候，你们就能够成为伟大的演员了。"

儿童在游戏扮演之中，确实能追求体验地进入对象的状态，甚至以超常的信念，全身心地投射到"角色"上，这时，他们往往暂时抛弃了自己的儿童状态。这已成为一种（对儿童来说是无意识的）审美活动；与此同时，这种身体扮演的活动还促进着儿童的自我意识形成。

这种"幻化"地实现自己想象中的自我形象的行为，来源于儿童的审美心理动力之中。

对游戏的动力产生问题，有生物学派和社会学派的两种观念。两者都试图解释艺术起源的问题。这与我们探讨儿童审美的"发生"是有重要联系的。

　　席勒以及后来的斯宾塞的观点，都认为游戏的产生是出于人的"过剩精力"。席勒根据康德的"前审美是一种直观想象力的自由游戏"，提出了游戏说，认为在模仿背后还应有着更原始的动力，即感觉的冲动和形式的冲动。斯宾塞在其《心理学原理》中也认为游戏即是人类的剩余的精力找寻出路的一个形态。他们都提出这种"游戏冲动"是审美的活动。这强调了游戏和审美发生中的生命力现象。

　　卡尔·格罗斯则反对"过剩精力"一说。在他的《动物的游戏》和《人类的游戏》研究中，他认为游戏是一种对未来生活所需要的实践活动的准备和预习，否认游戏仅是一种发泄，而更应是适应未来环境的一种能力预习的实践活动。普列汉诺夫在批判斯宾塞和毕歇尔的艺术起源观点时，也曾试图以人类学的资料来论证功利活动先于游戏，他赞同心理学家冯特的观点，即游戏是劳动的产儿。之后苏联的教育界基本以此为观念，美国当代教育学家布鲁纳也认为游戏的本质是一种学习活动。这强调了游戏的社会存在因素。

心理能量：追问童年的身体与情感

　　我认为，探寻审美的发生，特别是探寻儿童游戏活动的产生，童年的身体的意义应得到深层的开掘和着力的注意，儿童审美的前审美现象使得我们要追踪儿童的身体与情感之间的深刻关系——其中，"心理能量"是一个重要的概念。

　　生命系统具有能量。童年的身上既有原始的能量信息，又在社会化进程中进行着能量的内化。儿童期的心理能量在原始的冲动和社会性的压抑下追求着释放（发泄），也追求着建构（学习），从而在深层形成了儿童的审美心理动力。

儿童渴望成人"能力"的追求，首先走向了身体扮演游戏，这正是心理能量的投射和释放。

在这里，我认为对儿童游戏产生的生物学派解释和社会学派解释，起码应有一种互补的理解，前者少于社会性需要力，而后者少于生命个体在童年状态中的本能性欢跃力——因为游戏的功能，本身正是一种"玩"和"学习"的奇妙结合，既有本能冲动的无意识动力，又存在自我投射的动力。

我认为游戏的形态，即扮演角色，更多"玩"的乐趣，将启示我们对儿童文学的理解多恢复一点儿童原始本性的色彩；而游戏的内核，即未来实践，则更多"学"的意义，也将启示我们对儿童文学的把握更多意识到一点儿童视角投射的渴求。

游戏的审美发生意味，本身是在形式和内容的互融体中极其形象外显地反映了早期审美的一个特征——释放与模仿。

游戏活动的角色扮演和未来实践这两大现象，则又为我们在探讨儿童审美心理动力这一问题上提供了极其鲜明的论据：游戏精神所指向的正是"儿童反儿童化"。

游戏的现象与意味

确实，儿童自发的、自然的游戏活动，带给我们的完全是一种儿童借此摆脱自己儿童状态的强烈印象。

儿童游戏大致可分为两大类型。一类是无主题形态，常常体现在原始性和生命力的释放上，儿童在奔跑、嘶喊、打闹或者在神灵附体般的装扮体验上，往往有蛮劲、魔性的表现，寄托着狂野、荒诞和巫术气息的心理冲动。同时，这也是一种儿童对漫无边际的能力的盲目渴望，充分表现在对身体的运用上。儿童常在这之中进入癫狂或者痴迷的状态，甚至装神弄鬼，借此使自己的儿童状态在变形中得到部分超越。（这在儿童审美发展进程中，往往成了走向童话的一种心理动力。）另一类是所谓的"主题游戏"形态。在这种大量存在的游戏中，扮演对象明确，而且其内容所指是有寄寓的。从布娃娃游戏，到过家家的游戏，到打仗、造房子的游戏；从古代骑竹马的游戏，到现代开飞机的游戏；从中国民间的抬轿子的游戏，到美国儿童蒙面大盗的游戏；从旧时老爷、仆人的游戏，到近代官兵捉强盗的游戏……从中可以鲜明地看到，儿童所热衷的几乎都是对成人和成人活动的扮演。在游戏之中，他们儿童的身份暂时消失了，他们幻化成了内心所渴慕的具有各种能力或身份的成人，在想象状态中成了司机、船长、老师和司令，成了各种了不起的人物。

如果说"儿童反儿童化"的特点在审美意识上还潜藏在心理之中，那游戏则是可观性的外显形态了。儿童追求的"未来实践"，也在游戏的内容中具象化，他们热衷模仿的正是各种各样成人的工作。（考察一下玩具，可看到一个成人社会的器械微型化的世界）。

儿童在游戏中追求着想象中的自我实现，而不是表现出对儿童状态的留恋和自赏，这一倾向已足够引起我们的注意。

从儿童的主题角色游戏形态中可以看出，儿童的审美活动倾向除了神奇的、荒诞的、超现实的追求之外，还存在着一种强烈的现实主义气息，一种憧憬中的生活美。这种要求在儿童的发展中日益增强，且具有追求近期现实生活的扮演、模仿特点。苏联教育家苏霍姆林斯基通过二十五年的追踪研究，指出儿童游戏常常又是近期重大社会问题的反映。（这在儿童的审美发展进程中，往往成了走向小说的心理动力。）

这些都令人想到了曾研究动物学、后研究儿童心理学的皮亚杰对游戏的观点。他将游戏分成年幼的和年长的两类：前者的倾向是"同化"，表现的是"假装"，使外界的一切都适合自己的心灵；后者的倾向是"调整"，表现的是"模仿"，是一种依照外部世界的特点来动作的尝试。这对我们参照理解儿童在游戏中的审美发展进程，以及以后走向文学的发展演化都极富启示。

游戏规则

现代儿童研究否定了儿童游戏仅仅是"玩"的观念。布鲁纳曾以《游戏是重要的任务》为题，表达过游戏同早期学习之间存在着深刻关系的见解。

我以为在游戏的功能中，还隐含着一个涉及儿童审美活动的动机以及暗示性学习的内容——那就是"游戏规则"。

凡游戏都有规则，即"玩法"。

不遵守既定的规则，游戏就无法进行，也无法玩好，每一个孩子都必须懂得，并给予特别的关注。他们常常一上来就首先要问清或讲定怎样玩，我认为这意义是非常重大的。

从最简单的幼儿游戏老鹰捉小鸡、拍手儿歌，到儿童军事游戏，到靠智力操作的棋牌类游戏，再到游戏的延伸——体育活动之中，都存在着规则，都存在着谁先谁后、谁大谁小、谁输谁赢等条件，儿童对此印象非常深刻，虽然这些常常是以一种暗示性学习的方式而存在。

正是在这种游戏规则中，凝聚着最精练的社会形态法则——秩序性、伦理性、时间性和标准性等，其中又包含着约定性和教育性的社会功能。在游戏中，游戏规则自然地会抑制儿童本身原有的欲望，限定他的本能自由，但这种抑制和限定又是既定的、人群的"契约"。

伴随着游戏活动，儿童一方面无形中学到并遵循了许多含有社会性质的规则和行为方式，另一方面也培养起了对规则的关注。这也正体现出了儿童在追求未来实践活动中的一大方面：窥探成人行为和社会运行的种种规矩和方式。这是一切扮演的知识条件，也是向往实现的行动准则。那些成年人的活动和那些未来生活的秘密，对儿童来讲，常常就是一系列的行为方式、处理办法，就是社会交往和为人处世的一套规则。孩子们懂得，只要他学会了那些还未知的规则，也就多少掌握了参加那些未来生活的能力。

向精神扮演和思维操作的迁移

以上种种的游戏精神，同儿童读者的审美现象潜在地联系起来的线索，正是儿童先由身体的扮演进而开始走向精神扮演的审美力转换和迁移的发展进程。

儿童通过游戏来寄托渴望成年、摆脱儿童状态的愿望，这仅是一种初级形态。随之而来的是迁移现象发生——随着身心发展、认知结构的演进、文化学习的长进，儿童已不再满足于游戏那种简单幼稚的模仿行为，而想要在更广阔自由的精神想象领域里扩展这种

第二章　儿童反儿童化

投射和释放的愿望。文学，恰恰最适合这种需求。

越是成熟得早的儿童，越会更早地放弃游戏，而走向文学艺术。这是一种功能的转换、迁移的现象，儿童反儿童化的自我实现仍是在想象领域，但已经开始在文学作品上寻找投射。走向文学，是继续着儿童所追求的梦：超越自己的儿童形象。他们在文学中寻找扮演的角色，在思维想象中实现着未来实践。

苏联的心理学家研究指出："这种在内心里研究作品内容的活动是少年的道德和情绪得到发展的手段。有赖于书籍和电影，他以特别的形式和特别的方法参加到成人的生活中去——掌握着当前他还不能达到的人的关系方面和情感方面的经验。思想上的掌握超过了实际的掌握。"

在皮亚杰的研究中，则更能看出在儿童身心认知结构的演进中儿童开始进入这一阶段的标志。皮亚杰指出，儿童一般在十一岁以后，则开始摆脱具体感知和具体操作的阶段，进入了一个形式操作阶段；不过，在几种思维操作中，仍是以动作为基本因素。

从审美上来看，儿童正在从身体的扮演走向了一种精神的扮演。

这一阶段的少年儿童，已经不再迷恋于直接进行打仗的游戏活动，而宁愿去寻找战争小说来阅读；也已不再直接扮演角色，而宁愿去寻找人物传记来阅读。如此种种，包括前述的儿童阅读现象，都明显可见，少年儿童的审美心理能量寻求在文学阅读中得到投射和释放。

儿童阅读状态一窥

"儿童读者"的概念

开始文学阅读的儿童，首先是指那些童年态度发生变化，反幼稚倾向强烈，而且心理波涛盛于生理不安的，情感气质更足的孩子——我以为，我们应对"儿童读者"多做一些具体的分析，而不总是泛泛地谈论儿童和儿童特点。我们在探讨儿童读者的阅读现象和状态时，有必要对此有所把握："儿童读者"并非指所有的儿童。

这突出了研究儿童读者群的精神形态问题。

儿童反儿童化的心理能量，实际上是存在着多种途径的投射和释放方式。其中，有一部分孩子生理不安的成分更大一些，他们往往延伸了仍以身体为主要模仿对象的体育活动（体育活动也正是游戏形态的某种发展），这部分儿童把追求能力的渴望转换到了希求获得身体上的力量，并以此来克服软弱感，实现超越自己。包括某些孩子走向超出一般游戏、范围更广的厮打、闯荡和冒险，也是追求身体能力的需要。女孩的化妆打扮、洁癖、伙伴亲昵行为、情人扮演等方式，也都含有着戏玩身体的成分。这种生理不安的孩子为数是不少的。

另有一部分孩子智能不安的成分更大，他们往往延伸了以手的摆弄为外显的具体操作性思维，表现为更喜爱各种智力游戏、制作模型、摆弄器械以及初步的自然科学探索行为（这也含有游戏的摆弄操作和玩具的痕迹）。他们对能力的追求更多地指向了智力活动，并在此中得到一定的释放。

这两部分形态的孩子当然也会进行文学阅读，比如更追求身体能力的孩子肯定爱读武侠打斗的作品，而更追求智能的孩子肯定爱看含有解析意味的科幻、推理性作品。

但是，那些真正从比较深层的精神渴求走向文学读物的孩子（特别是中高年级以上的孩子），更值得我们加以注意，也更有助于我们针对性地理解"儿童读者"的形态。

无疑，这部分孩子精神不安的成分更主要，所以他们最容易也最敏感地从情绪上感受到作为儿童状态的压抑，同时更直接地渴求从文学形象中走向精神扮演，渴求在文学读物上获得心理能量的投射和释放。

他们走向文学和阅读状态的精神形态，是很值得一窥的。因为，我们应该有理由指出，儿童阅读与成人阅读在状态上是有所不同的。儿童读者的阅读状态存在着对"文学"的特殊感觉，这与游戏精神的演化发展有关，对此有两点可供观照：

近乎一种精神的仪式。这一时期的少年儿童能独处静坐应该说是很不容易的，尤其是那些进入独处阅读状态的儿童，往往有一种秘密感，有一种膜拜的意味，预先有一种超验的慑服。特别值得注意的是，儿童对阅读的定势，往往是期待着发生心理转换，犹如期待着神明的召唤，从而进入另一个未知的精神境界。这种由儿童自卑混杂着渴望成熟所带来的对书本的敬畏、对阅读的虔诚，是成人读者无法比拟的。仅看高尔基对自己童年阅读的描述就可想见这真是一种精神的仪式——"我大概不能足够明白地和令人信服地传达出我是多么惊奇，当我感觉到几乎每一本书都似乎在我面前打开了向着新的、不知道的世界的窗子，把我所不知道和没有看见过的人物、感情、思想以及关系讲给书听……我越读得多，书籍就越使我和世界亲近，生活也就显得灿烂和有意义。"

近乎一种忘我的幻化。儿童进入阅读状态，没有老年人的冷静，没有中年人的功利，甚至也没有青少年的自顾和叹唱，只有一种到处追逐的体验。没有什么经历储存的他们，可以说是漫无边际地让想象去依附事实。甚至很少有"善"和"美"的是非观，倒对"真"十分认真（以致年龄越高的孩子越关注是"真的""假的"，以满足他们摆脱幼稚状态的心理自足），只要是描绘尚真实可信，他们则会毫不犹豫地把想象依附上去——而这一切，都归结为儿童读者主动愿意去沉浸于扮演和感知。他们最无主体的意识，却又无形中最有主体的介入；他们最能忘记自己，又最能驱使自己任意幻化成各种角色。他们的恣意幻化，可能是在试探着各种可能，追随着各种存在，以作悄悄的却又是变幻不定的选择。

这样一种体验状态，是儿童阅读的最大特点。

厚度、陌生化与逆语文课

我们无法否认在少年儿童阅读癖好中有挑选厚书的要求，似乎书达到一定厚度才是有意味的。除了儿童心理中明显地追求成人状态和把厚书看作是内容数量之外，其间，想在阅读中能连续不断地全身心沉浸在"体验"里，不能不说也是厚书对儿童阅读所产生的一种功能。

试看凡是为儿童读者所热衷的热门书，凡是在儿童文学上成了经典著作的那些作品，竟大都是大部头的书。优秀的短篇作品不可谓不多，不可谓不具有儿童审美价值，但对它们的推崇，仔细想想竟多在成人方面，以儿童读者阅读的自发选择和热衷热门来看，短篇作品只能是自认吃亏的。

儿童文学作品的篇幅，在某种程度上影响儿童读者阅读状态的"体验"。

儿童读者这种全身心投入体验的倾向，还导致了那些更远离他们生活的作品反倒比切近他们日常生活的作品容易吸引他们，陌生化的地区、街景、人物和行为似乎反倒有利于儿童体验的进入，只要是在描写上合情合理（当然在整体内容上也要符合儿童心理的投射和释放倾向）。这是儿童一般能毫无困难地沉浸于诸如冒险小说、武侠小说和科幻小说之中去的一个原因。因为熟悉的日常生活、场景、人物、行为常常容易引起阅读中的判断、参照等因素的介入，反而影响了他们幻化的体验。我们不得不正视，很少有学校生活的中长篇小说能使少年儿童趋之若鹜。

任何含有指令性、功利性和学习性的阅读活动也引不起儿童读者的自发热忱，在真正的文学阅读上，孩子们有着一种与语文课精神相逆反的心理，从他们的文学阅读体验来说，凡是让他们联想起段落、解析或是培养作文能力什么的企图，都会使儿童丧失深层的兴趣。所以，常常有孩子尤其爱读"野书"的现象，其"野"，就在于这种阅读是自由的、个体的、轻松的——摆脱了语文课的拘囿。

儿童阅读快感分析

线性思维与儿童文学通俗性

我以为,"故事"的功能对儿童文学的叙述技巧来说,大概是永远无法丢弃的。因为,"故事"的线性思维方式在很大程度上对应着儿童读者的阅读接受方式。线性思维是单纯、初级的,它有序可循,发展缠绕,有始有终,符合儿童思维特点。

更值得我们注意的,则是儿童审美心理的内容,那就是线性思维的方式极其有利于儿童读者的阅读"体验"特点。儿童读者对文学(文字、声音或图像等符号)的接受机制,十分明显地呈现一种以视觉形象进入心理动作的具体操作体验,这与游戏和戏剧扮演之间有极内在的联系,他们在内心体验中倾向于一种连续的、形象的"活动"。

所以儿童读者特别容易进入线性发展的、正常的时空过程中的"体验"。而一切非线性化的艺术,则都是以"表现"为特点,具有表现派特征的一些艺术形式,"现实不再被人认为是一种可供观察和符合逻辑的东西,是一种现成地等待着艺术模仿的东西。它现在被理解为一种结构,传达的是一种意义,而不是存在的外表。"(威廉·菲利浦斯)。而这对儿童时期的读者接受来讲,是生涩和困难的,尤为关键的是——丧失了儿童阅读本应有的游戏性快感。

一旦对时间空间不断地进行切割、重组,则丧失了阅读时线性思维的流畅、轻松和曲折,也丧失了片刻中进入体验的忘我状态,更不可能达到幻化。取而代之的是对结构安排意图的思考，是对时空颠倒的主观整理，是对间离效果的思路休止——这种理性思辨的特色，也许并不利于儿童审美的特点。

游戏性快感似更能说明儿童接受文学时那种极欲置身其中的忘我状态。不多费脑筋地体验一番形象的历程，甘心让线索的发展将自己带到另一个精神天地中去，如同游戏扮演一样，从而在想象中获得一种阅读快感。儿童阅读时的"有劲"，仍同"玩"有着暗暗的牵扯。

显然，这种线性思维的阅读快感与通俗文学的特点较明显地联系了起来。擅长于故事线索的缠绕，时空流程的流畅，描绘上的亲历性，不多费脑筋，很少理性思辨地体验——通俗文学由于具有这些叙述方法上的特点，竟使得它对少年儿童读者产生了非同寻常的强烈吸引。

但是，我认为这绝不意味着儿童文学就可纳入通俗文学的轨道。虽然它们有着不少相通之处，如在读者的水平层次上，在想象的投射上，在内容倾向上，以及在上述叙述方式上，确实都存在着可比的启示，然而儿童文学无论在出发点上还是在艺术上，都具有与一般通俗文学所追求的目标相比极为不同的地方，重要的有如：儿童文学的精神是"入世"的，而一般通俗文学在审美效应上却有一种"遁世"的倾向；通俗文学完全取一种大众艺术的形式，而儿童文学的艺术形态中还具有神话原型、寓言意味等等的类似后现代主义的文学性发展。对此，将在本书第四章加以表述。

但线性思维叙述方式的通俗性对儿童读者阅读状态的影响，是儿童文学应加以关注的。

其实，通俗笔法以及线性思维的艺术方法是可以做出现代发展的，而且也已开始纳入当代文学的艺术追求之中——例如将线性缠绕进"迷宫"，将流程导引向"魔幻"，从完整的始末循环中透露出"象征"，从乱真的体验世界中动用"纪实"……无一不标志着很高的文学技巧。

感知性动作与儿童文学兴奋点

儿童文学的叙述艺术和接受特点都看重"故事"，但"故事"其实又绝不仅仅就是情节，我以为在情节的外表层面之下，还有感知性动作的情绪兴奋点在操纵着儿童读者阅读中的乐趣。

儿童时期情感的表达方式以及接受机制，是以动作为标志的，他们的情绪也都是外显的。这在现代心理学中有深入的研究，皮亚杰论证了人的认知是从"动作"中演化出来，即使到了初具语言能力的阶段（少年儿童时期），仍是一种内心动作的思维，是一种操作性思维。布鲁纳的"图像表达方式"，也为同类研究（儿童总是试图发展与他在语言中听到的抽象概念相对应的图式）。

对儿童情绪作这种"动作"的理解，似可以更好地把握儿童文学的读者效应。这种理解并不仅限于儿童文学的语言应该追求动态和动作性，还在于把握儿童读者阅读情绪上的快感来源。

直接的动作行为、视觉效果、生理效应，显然与戏剧和电影的本性相通，而与追求意象和感觉的艺术似有所隔。我认为，儿童文学不是不能追求情绪、追求感觉，但在叙述效应上，有必要从"感觉"走向"感知"，从"情绪"走向"情绪动作"。

这突出了儿童文学文体上的一个重要内容——传感。

第二章　儿童反儿童化

传感的技术和传感的艺术，正在成为当代的一个重要追求，尤其强调"符号－响应"的概念，强调信息的被接受机制。我们的儿童文学文体技巧，为适应儿童读者和唤起儿童读者的阅读兴奋，有必要自觉地追求一种更有视觉力的语言，更有官能刺激、更有动感、更有触感的新形式。

感知，是实物的，是声光形色的，是器官性的，是具体动作的，使文学直接带上一种生理的活力。它与追求心理的、意识的表达不一样，它往往不说"我痛苦"而说"走，喝酒去"。这种感知的魅力，在马克·吐温的《哈克贝利·费恩历险记》，在景仰马克·吐温的海明威的作品中，在法国当代作家让·齐奥诺的作品中，在我国元散曲等等作品中，都曾发散出来，令儿童文学的作者们无限向往并受到启示。

感知性动作的艺术效应对儿童美学的特殊意义，是直接针对儿童阅读状态兴奋特点的。

我以为，"故事"当然是一个重要的文学载体，但故事情节是否就是使儿童读者为之倾倒的主要原因，则是值得怀疑的。在儿童阅读中有这样一个特有的现象，非常值得我们深加研究——孩子们往往一再地要求重新讲述故事，或重新阅读（其状态简直就像过瘾一样），而这个故事的情节、人物行为、甚至悬念和结局，乃至细节，他其实都早已熟悉，却还是饶有兴致地一遍遍重复体验。这种要求重复和渴望重复的"内容"究竟是什么？显然，已不是"故事"了，我认为其中正是为了追求一种"重复体验"。

他们特别喜爱一再重复体验恐怖的脚步声一声一声逼近门口时的那种神秘情绪，斗智的情节一步一步地诱使对方最终陷入困境时的那种紧张情绪，暴力行为的一招一式是如何实打的那种操作情绪；以及英雄遭受痛苦时的一投足一举手的那种情绪感受……这些激起他们全身心投入的情绪体验的兴奋点，都十分明显地来自一种感知性动作的愉悦。游戏精神再次体现在这里。

少年儿童阅读儿童文学作品和儿童读物时的真正兴奋状态，是否说明他们并不在于追求"认知"，而在于"感知"快乐？对儿童阅读状态效应在这一范围内的传感探讨，似有待我们从儿童审美活动进程、阶段的特点上作继续的求索。

模糊阅读方式

模糊边界

我国当代儿童文学在寻求突破的过程中，无论在理论观念还是在创作探索上，都正在产生出一片又一片的模糊区域，边界出现了争端，归属引起了争论，带来了一种文学发展过渡时期所特有的辩论、质疑，甚至对峙的气氛。

中青年儿童文学作家在企图超越原有的自我封闭的传统规范时，时时有被指责"越界"的可能，他们的一部分作品也被认为有"成人化"倾向。我认为这种现象在儿童文学过渡期的震荡中，应是不足为奇的。新潮复平，该退去的当退去，也必定会有因扩展、延伸而沉积下来的新边疆。

但是，越来越多的人开始逐渐领悟到，其实儿童文学本身便具有"模糊"现象,具有"模糊"的高级功能。

一部儿童阅读史,就已完全打乱了儿童文学与成人文学许多人为的界限。若真有严格的边界,前述众多货真价实的成人文学作品何能进入儿童文学经典著作的庙堂?相反,有些儿童文学作品对成人来说,则也模糊,谁能说《安徒生童话》仅是儿童读物,而非成年人常年欣赏和挚爱的作品?冰心的《寄小读者》感动的更多的却是那些大人。

一条儿童审美心理发生发展的线索,也已完全由儿童的现象本身突破了儿童王国的边界。

我们在此进一步探讨儿童读者所特具的"模糊阅读方式",从中可看到,在儿童读者本身的阅读机制中,存在着儿童反儿童化的审美指向之所以能得以实现、能得以超越的自身调节。

儿童本就为我们提供了一种巨大的可能。

奇妙的择书与奇妙的读解

从社会学的角度来审视一般的人生,儿童和青少年时期往往正是其整个一生中的文学阅读高潮期。这一阶段的阅读,同以后成熟时期那种研究的读书、审美的读书、消遣的读书不一样,它首先是一种冲动感很强的信息需要,是一种窥视和渴求。模糊意味的阅读方式,正是一种适应。

其一,是选择上的模糊容量。

成人对儿童阅读范围的规定和儿童对这种规定的违逆,拉开了人生早年阅读场景中戏剧性很强的序幕,人人都在其中扮演过儿童反儿童化的角色,对此不必赘述。值得指出的是,少年儿童在择书上的心理状态，是一种对外部信息（准确地说是自身所不具备的信息）好奇又冲动的追求，压倒了自身阅读能力的限定，所谓的饥不择食、狼吞虎咽和囫囵吞枣，倒是形象地描绘出这一番状态；更不用说那些真正含有他们心理投射和释放需求的东西，哪怕其间有一半是模糊不清的，有一半是朦胧不懂的，也让他们趋之若鹜。否则，就难以理解历史上和现实中那些成人文学作品是怎样被他们读过来的。儿童的阅读能力、阅读范围、阅读水平，我们不必精心地谨慎推敲，更值得关注的是儿童读者的心理需要。

其二，是理解上的模糊处理。

令人赞叹的是，少年儿童的阅读特具一种跳过不懂之处的巧妙能力，生字、生词、生事、生义从来就难不倒他们做出大体的把握；反过来，大体的把握又帮助他们对那些生疏的地方连猜带蒙地提前领会掌握。我们何必以语文教师的态度去对待儿童读者。冰心在《童年杂忆》中说过她的经验："我的文字工具，并不锐利，而我所看到的书，又多半是很难攻破的。但即使我读到的对我是些不熟悉的东西，而'熟能生巧'，一个字形的反复呈现，这个字的意义，也会让我猜到一半。"儿童的这种能力，正是模糊处理的方式，这是精确所无法达到的（这种模糊把握的能力也正是人类独胜智能机器人的地方）。

拿"精确"作为标准去衡量儿童阅读能力，必将忽视儿童阅读潜能中的张力。如果认识到少年儿童模糊性的阅读方式，认识到"空白"的意义，是否将大大扩展儿童文学接受上的可能性疆域？

也许，从来就不存在儿童读物的明确边界；也许，只存在着一大片儿童读者接受能力上的中间地带。这尤其令人想起苏联教育家维果茨基提出的走在儿童认识前面一步的"最近发展区"。

朦胧的世界图像感

儿童阅读机制中的模糊性状态,还有一个非常重要的方面等待我们去理解和把握——儿童在面对暂时还难以全部理解或者还难以全部认识的文学作品对象之时,总在自己的内心升起一片自组的朦胧世界图像。哪怕与成人的认识把握相比还不够准确,但他都要形成自己的图像感。

儿童可以先于认知之前,先于分析理解之前,利用自己对世界基本观念的感知,利用文本中一些他已懂得之点,去形成一个把各部分联结起来的理解结构,而且竟能使对象大致"完形"。

对这种儿童思维在"理解"中的格式和混沌状态,皮亚杰在《儿童的语言与思维》一书中的研究探讨,对我们考察儿童文学在把握儿童读者阅读状态的机制会很有启发和导思:

"如果我们想知道一点儿童理解的这种混沌状态,我们只需对照一下天赋直观的人翻译一种他们所熟悉的语言或者理解他们自己语言中的困难命题的方法。对于一页用外文写的文章或一页哲学文章,他时常理解它的全篇大意而不理解所有的单字或陈述的每一细节。一个理解的格式已经构成了,它是比较正确的(如后来比较完全的理解表现出来的一样),但是它只是根据几个自发相关之点构成的。在这些事例中,这样一个格式是先于分析的理解而存在的。这就是儿童所用的方法。

"从混沌的观点看来,一切事物都是关联的,一切事物都是互相联系的,儿童是通过一个由想象、细节的类比和可能的条件所构成的一般格式的网状组织去感知一切事物的。"

儿童不仅借助一般的格式去感知对象，而且这些一般格式还取代了对细节的感知。因此，它们相当于一种模糊的知觉，它们不同于我们成人对复杂对象或形式的知觉，并且还先于这些知觉而存在。

皮亚杰还提示我们，儿童的思维首先是一种"从整体到部分的思想运动"，也就是说，是一种作大体把握的模糊思维。

儿童读者又是生长中的成人读者

"模糊"的意义还直接体现在儿童文学作品阅读传播过程中，它的被阅读并不限定于读者的少年儿童时代，而常在人生中存在着"季发"的特征。我们似有理由得出一种新的认识——儿童文学作品的读者对象在一定程度上可以作模糊性的对待。

长期以来天经地义的是，儿童文学作品的对象当然是少年儿童，这是再"精确"不过的了。但是有意思的是，这一人之初的文学似乎特具一种先入为主的荣耀，它往往并不随着一次阅读而完全地成为过去，却常常会在之后人生的不同阶段获得第二次、第三次被阅读的机会，或者在人的成熟和成长中，在人的经历和感喟中，不断被重新体味、重新唤醒，从而获得数次被接受的机会。这一"季发"现象，尤其明显地反映在那些处在模糊边界上的优秀而又深刻的作品中。

冰心的《寄小读者》，在儿童时期阅读时深受其优美、温馨气息的浸染，但正如费孝通所分析过的，到了踏过社会门槛、备尝远游和自谋生路滋味的青年时期，常会重温或重读这些作品，然而从中体味到的已是母爱的温情，获得了早年阅读时尚不可知的伤感共鸣。许多具有神话原型的故事以及具有寓言意味的故事，在年幼时读到听到，在成人社会的思辨中被不断运用。《安徒生童话》在人生中被一再地记起和体味，则更是突出的现象——《丑小鸭》在幼时读是一篇动物故事，在成年时读是一篇哲理启示录；《海的女儿》在幼时读是奇思异想的乐趣，到成年时读则是一种悲天悯人的情绪；《皇帝的新装》在幼年时读赢得了笑，在成年时读赢得了思考……如果以"精确"的标准对待儿童读者，安徒生的作品则恰恰留下了多少阅读上的"空白"，他作的是模糊处理。

优秀儿童文学作品的被阅读，在人生精神旅途上存在着这种"季发"现象，带给我们一个深深的思考：儿童文学要经得起人生阅读的一再反思！

儿童读者又是生长中的成人读者。

T.S.艾略特曾议论自己读《哈克贝利·费恩历险记》的经历，幼时不顾大人反对囫囵吞下了大概故事，待成年后又一再重读，一次比一次推崇。再读司各特的历史小说，却深感在儿童时期曾热衷的那些传奇故事，到了成年时竟极其不满，觉得有一种受骗、被糊弄的鄙夷认识。可见，儿童文学的阅读，是有着一种日后际遇的。

儿童的阅读行为，以及儿童文学的接受现象，是开放的儿童文学审美功能有可能得以实现和超越的一个重要基础。

儿童文学的艺术容器，可不要使儿童失望。

儿童读者的潜能原本是巨大的。对他们来说，也许从来就不希望儿童文学仅仅是一只花瓶摆设，仅仅插一些"祖国的花朵"。它也不应该仅仅是一只葫芦，老是倒出带"教育性"的药丸。也许宁愿希望它是一只阿拉伯魔瓶，钻出一个神奇伟大的巨人。

前审美

幼儿、儿童、少年的功利文学

我们的探讨其实已部分地涉及当代美学研究的一个重要指向——审美发生学。审美发生学有两大方面的内容：一是对"人类"的艺术和美感起源问题的整体研究，二是对"个体"的审美发生问题的机制研究。探讨儿童读者对文学的审美接受特点，当更多属于后者的范围。这有待于我们更为深入地研究一系列重要的机制和功能问题，比如：

生理器官转化为文化器官的进程；

儿童对文化符号的解译方式；

儿童心灵对世界图像生成如何建构；

……

然而在这里，我们首先迫切地需要从发生论的角度来观照儿童审美的真实意义，并由此来把握"儿童反儿童化"审美心理现象在美学整体结构中的位置。

我认为，在探讨儿童主体的文学阅读和接受机制时，应谨慎地对待"审美"的含义。儿童身心状态都证明，儿童期还未能真正进入到人类成熟的审美境界，毕竟还处在一种前审美的阶段——这反而对我们客观地、有效地把握和认识儿童文学的功能是有利的。

我以为，我们首先要认识到整个儿童文学（幼儿文学、儿童文学、少年文学）在文学接受机制上，存在着一个"功利"的现象，这同样体现在"儿童反儿童化"审美心理特点中——处在真正审美意识的早期阶段。但是它的"发生"地位赋予了它重要性，在它功利追求的现象下面，也含有许多审美形态的潜能。

至今，"儿童文学"这一概念还是一个比较含混的提法。对它之中的幼儿、儿童和少年三个范畴在功能上的归位把握，已经显得非常有必要。对"儿童文学"所应代表的年龄阶段、心理特点和审美功能都必须有一个较准确的把握，这样才能实现我们明确的文学追求。

幼儿文学。幼儿对文学的接受几乎是处于被动的地位，虽然他们已出现反儿童化的倾向，但真正的自我意识还未形成，尚未有人生、未来的目的意识。幼儿文学基本是被成人既专横又必需地操纵在手里，表现出人类借助文学形象的手段对新生一代进行生存辅导和行为训练的无比强烈的意图。真正文学的含义让位于无处不在的教育性。考察所有形式的幼儿文学样式，从中可看到，几乎都是在传达声、光、形、色等等的外部世界知识，传达伦理和训诫等等的人生社会知识，甚至是传达生理、卫生、食宿等等的生存知识。"寓教于乐"的出发点仍是教化思想。然而，潜在的审美功能还是在发生着，不过那已是形式的无意识暗示，是"所指"与"能指"的关系，一切（诸如儿歌、幼儿童话、连环画等）都转换成了某种韵律、节奏、色感和运动觉的形式而对审美力存在着。

中高年级文学。这是我们主要讨论的方面。这时期的孩子，自我在与环境冲突中开始生成，反儿童化的追求是其主要意识，而且基本是取"反抗"的出发点，要求想象中的精神补偿，渴望获得能力。他们已可自己选择文学。他们此时的心灵对整个世界敞开，无所不至，无所不能，释放和投射表现为漫无边际的态势。

　　少年文学。它在"儿童文学"概念中是混乱不清的。在我国的实际状况中，少年其实已不是所谓大儿童的"准少年"，而归于"青春期"这一范畴。这时期孩子的自我已处于一个敏感的困惑期（伴随着生理），他们的心灵已不再是无所顾忌地敌对世界，而是开始意识到现实的强大和既定性，甚至日益懂得那种精神扮演和想象反抗的幼稚，这时，出现的便往往不再是对本身状态的渴望"超越"，而是一种对自身、对自己的"自恋"。似少有"反抗"，而更多"伤感"。他们往往不再乐意去做那种模仿别人的幼稚"体验"，而更欲沉浸于"体验自己"。这是人生中的一个少见的大困惑，基本上缩回到了一个尚是薄薄的透明的又能看得见外界的漂亮壳内，更由于刚从反抗劲头十足的儿童期过来，身体内又酝酿着膨胀的力，所以，一种憋忍和愤怒的情绪冲动特别强烈，所以，他们对文学的需求——几乎是等待着拯救。这便突出了"渲泄"和"体察"的渴望。冲突在"真"之上，他们那还只是主观的"纯真"与社会那毕竟严酷的"真实"之间发生着相互质询。这是少年文学中"问题小说"特别受欢迎的内在因素。他们需抚慰的是"委屈"，他们需导泄的是"激情"（尚未到青年冷峻的"嘲讽"）。逆反地，他们便易遁入那脱离现实遭遇的纯情化的言情文学。也可以说，"儿童反儿童化"仍包容了少年中一部分孩子的延续倾向，但已不再能涵盖全部的少年精神了。越是早熟的少年（尤为女孩），也许越早地进入一段"自恋"的状态，也许不是反儿童化，而是重新缩回到对童年的伤情留恋的软弱倾向。

第二章　儿童反儿童化

试问"儿童文学"的主调

少年儿童与文学的关系，在这三个阶段上，都含有浓重的"功利"需求在其中。

幼儿，因其器官的文化性质尚未启动，文学对他们来说还不是独立的精神需要，在物我的审美关系中，尚无观照，一切都还淹没在生理快感中，一切都被以"我"为中心地同化了，几乎构不成真正的文学欣赏活动，花花绿绿的儿童刊物是同苹果、青菜、牛奶和玩具一起被大人"带回"家来的。最为人们一致公认的那一些儿童文学特点（不分国家、阶级和种族）正是指的幼儿文学的特点。然而，这实在是在幼儿还没有获得自我意识和审美意识的软弱地位下，完全交付成人主宰的，我们不能不认识到幼儿文学的先天的单向性。如果我们再将"教育儿童的文学"这一幼儿文学准则移用到整个儿童文学之中，显然便是错误的，虽然它在幼儿文学中已成为一个既定的、单向的事实。

少年，已经对文学越来越有欣赏能力，然而，需求文学解决他们自己问题的功利需要过分地强烈了，他们过于热切地将文学纳入他们感情宣泄的通道，对文学采取了相当主观的对待，他们过于虔诚地欲将文学奉作生活教科书或启示录，视为一种药方或一种宣告——这是文学所消受不起的。他们极易诱惑文学走上一条解决具体问题的狭路（诸如交友、误会、男女交往、家长拆信、甚至青春期心理卫生等问题），也极易推动这样的儿童文学去获得争议和引起注目。

这都引起了成人社会的警惕（与此同时，也引起格外的关注，从而使它获得社会影响），几乎所有国家的教育家都将这一阶段称为"危险期"。其实，少年这一年龄阶段本身是人生中一个既短暂激烈动荡又迅速深化变迁的非常时期，它像一个外表五彩炫目的魔方，由混沌中变幻无常，但一般很快就会从无序走向有序，因为少年马上要走进成年的那个具有慑服和稳定力的强大磁场中。

它对纯粹意义的"儿童文学"来讲，几乎是异己的。少年的心向和趣味正迅速迁移往青年读物（其实也就是一般的成人文学了），以摆脱儿童文学为荣。应该说，所谓的"少年文学"，当是处在儿童文学与成人文学之间的，但是少年人的心理动力其实已经指定了，它只能是取靠近成人文学而竭力摆脱儿童文学的基本定势。

这是一种人的正常成长，也是人的一种积极的追求。儿童文学对此应有客观的认识和毫无遗憾的相送，从而清理出自己更为明确的追求。

学习大于欣赏

所以，我以为主要对象是小学生中的中高年级孩子的儿童文学方面，应成为儿童美学关注的重要基点。

中高年级孩子的儿童反儿童化审美心理特点，具有一个适时的儿童文学基础，那就是伴随着他们的自我开始生成的过程，审美意识正在其中建构着——"建构"，这双向的、主客体都积极交往的动态认识论，最鲜明地出现在人生的这一阶段，它在儿童文学的审美功能上，有着较之幼儿和少年阶段更为特殊的意义。

它也仍有着前审美形态的那种功利需求，但是由于在它的这一功利追求中更多地存在一种双向的与成人相交换的"调整"机制，因而它能够较多地在潜在功能上获得美感的某种建构。

它既不像幼儿那样尚无人生和社会目的的纯粹追求快感，也不像青少年那样只为宣泄自己的主观追求情感——而是一种主客体（儿童与世界）之间的相互观照——亦即积极追求改变自己原有状态的"调整"，亦即渴望以外部的影响来参与内部的演化的"建构"。

"学习大于欣赏"便是它的一大特征。

我们只有从儿童本身的实际状况出发，才能准确而又有效地把握儿童文学的审美功能。长期以来，在对待儿童文学的艺术追求上，我们基本上是沿用了成人文学中的一系列观念，而还未能形成一门我们自己的儿童美学。如果在对待儿童文学的文学功能上也照搬"情感"和"欣赏"的审美标准，是很值得怀疑的。

美感确实来自"欣赏"，而文学所能给人最大的美感也正是在于"情感"。然而，儿童审美心理现象却表现出的尚是"学习大于欣赏"的状态，儿童期的审美活动还只是呈现出一种与自身相关性很强的早期美学特征，可以说是一种实用美学观，需求力的成分往往大于真正的美感。美学史上认为：判断在先还是愉快在先，是美感与快感区别的关键。由判断在先产生的美感是一个拥有感知、想象、理解力和情感力多种因素的复杂心理活动过程，成人的真正的"欣赏"活动即如此。这种"欣赏"还需要能把自身的实用利益排除在外。而儿童却往往是不安先于判断，需要大于欣赏，这是他的审美发生阶段所决定的。恩格斯曾表述过：人类是由需要的感觉力走向审美的感觉力的。

儿童阶段的最大（生理和心理）需要，就是渴望获得能力。因而其审美特点也就表现为一种"以大为美""以强为美""以智为美"

的学习性指向。

　　这种学习大于欣赏的前审美状态，也正是"儿童反儿童化"审美心理动力的基础和出发点。基于这样的认识，我们才能准确和有效地把握儿童读者的文学追求，也才能相应地清理出儿童文学作家的文学追求——只有相互对应的文学追求，才能建立起作者与读者之间的真正沟通。

　　"儿童反儿童化"的心理视角投向着成人。

　　"未来实践"的学习态度面向着成人社会。

　　我以为正是在这里，我们可以寻求到一种儿童文学的双向结构——它的活性在于提供了一种在儿童读者与成人作者共同的追求下，来构建一个文学世界的可能。

第三章 传递

儿童文学的接受主体是儿童读者。

儿童文学的创作主体是成人作者。

这一文学形态中，存在有一个无法回避的"代"的问题——主体的两代性。

长期以来我们偏重于对儿童主体性的关注，而对成人创作主体的研究探讨则显得极其不够，甚至，在我们的意识中对这种成人的主体性还似乎不愿承认，"成人"在儿童文学理论上总是一个被驱逐的身份，总是一个欲抹去的概念。成人在儿童文学事业中否定着自己的主体性的实际存在，而宁愿说存在着"童心"。

这是多么的自扰和自我困惑。

我们极愿意消释掉我们成人与儿童之间"代"的隔阂，我们很想忘记我们成人与儿童之间在"时间"上的距离，我们还不想承认自己的成人认识事物的认知水平。

这一切出于美好的意愿，然而却无助于解答成人作者与儿童读者两代之间的审美难题。

我认为，正是在"代"上有着深刻的儿童文学形态之谜——在文学创作与文学接受的主体的两代性上正存在着一种双向、互镖的审美关系。而正视我们成年人的创作身份、态度和认识水平，承认儿童文学创作主体的自我，深究儿童文学创作活动中成人的内在动机问题，其间那一种"传递"的意向，正可与儿童读者主体的"儿童反儿童化"的意向作对应交换，从而形成一种审美的双向结构。

一场文学的成年仪式

"代"意识在儿童文学上的观照

人类在面对儿童、面对下一代时，首先升起的就是一种"代"的意识。这是时间、生长、延续的意识在人心中的潜在感情。而当一个成人有意识地参与儿童文学的活动时，从根本的态度上来说，首先也会是一种传递的意识，他要进行的是关于自己或自己一代的经验、价值和目标等等内容的情绪传递，在这传递中，有着他亲情的关切，有着他自我的投射，也有着他的一种操纵、塑造的内在需要。

然而我们以往的儿童文学理论却惊骇于这种成人自我的存在，更反对它的表现。我则认为，首先必须承认儿童文学形态之中创作和接受的主体两代性的不平等存在，这不平等是"代"的体现，是无法更改的相对,也是儿童必须接受的制约。面对这种实际形态,却去追求平等,是一种虚伪。

一个儿童文学作者根本不必放弃自己作为一个成人的身份。这"代"意识之下的身份感恰恰是十分重要的,因为它紧紧联系着文学创作的最深层来源:自我。

长期以来,我们正是在儿童文学作家的"自我"存在这一问题上陷入极困惑的境地,似乎一个成人作者的"自我"在面对儿童接受对象之时,是应自然取消的,而在儿童文学中试图表现自我则更是要受到谴责。实际上,这导致了我们的儿童文学作家丧失了身份感,从而处于一种摇摆的角色感之中,企图以一个成人的身心去扮演儿童的角色,时常成了两难的、中性的变异体。

我却以为"代"意识是有利于儿童文学作家的创作活动的,确立一个成人自我的身份,对寻找儿童文学的立足点是非常重要的。成人的自我,以及这种自我的投射对儿童文学创作的意义,值得认识和加以深究的。

其实,作为人类延续的本能需求,成人都把自己的"自我"强烈地投射到第二代的身上,把下一代视为第二个自我。在社会生活中,父母的未竟的自我,想要扩展的自我,以及一种要自我复制的愿望,常常通过生育孩子和教诲孩子而得以实现,这实现本质上就是一种自我实现的方式。

这在儿童文学创作上,则表现为一种精神投射,成人作家所代表的自身及其时代的自我,通过作品来得以实现。

尼采曾喊出了这一人生的深沉愿望:"再来一次!"我以为这响彻着"代"的声息。

传递——正是自我延续、社会继替的重要表现，也是成人参与儿童文学活动的根本精神。这种身份感和行为的确立，才是一个儿童文学成人作家的自信所在、力量所在和魅力所在。它凝聚着经验诉说，经历感遇，历史时间和未来时间的交代，也深含着寄托，流露着训意。这是一种自远古就为儿童所接受的讲故事者的成人身份，是一切夏夜聊天和炉边谈话、谈古论今的基本态度，也是永远吸引着儿童的叙述角度和语气，也是安徒生的心，也是令儿童着迷的评话的方式——是儿童文学根本的接受形态。

　　儿童并不认为它是一种不平等。

　　代的意识，身份的差异，时间的相隔，对儿童来说正是一种魅力。儿童的心理需求，在两代性的相对之中强烈地趋向上一代的传递。"儿童反儿童化"与成人的"传递"之间，正存在着互锲的关系。

两种身份感之间的精神对话

　　我们在第二章中已探讨了儿童读者的那种向上投射的精神渴求。

　　儿童阅读心理的这一表现，在这里给予了成人作者进行文学"传递"活动以相对应的召唤，在接受主体和创作主体的两代性形态中，互锲地形成了一种儿童文学的双向结构。

　　儿童读者渴望通过文学阅读走向成熟，走向未知；成人作者极欲传递的愿望便正是促使儿童实现成熟、了解未知——双方进行的是一场趣味相投的文学对话，它们的共同语言就是"能力"。儿童等待着启蒙，成人追求着发蒙。我以为这正是儿童文学最内在的双向形态，它的这一交互作用结构，给予了使儿童文学得以释放创作

第三章 传　递

和接受的两代性主体自我的最大可能。

儿童所想要的，正是成人所想给的。

成人的身份，成人认识事物的水平，以及成人的自我，在进行儿童文学创作时不是应被舍弃的，而恰恰是一种有益于儿童读者的极可贵的财富，因为它已成为一种魅力。我以为正确地给予儿童文学成人作者的表现自我以广阔的出路，使这一创作活动更符合艺术创造的深层规律，有极重要意义的。成人的自我和表现自我的需求，对一个儿童文学作家来说不再是一种困惑，不再是一种违禁的苦恼，而相反地具有释放的通道和表达的宽度，实在是应得到确立，得到探讨。

这种成人的身份感，这种成人的自我，在儿童文学的创作中无疑又具有着自身形态的特点，那便是它更多"代"的意识。

它所要传递的对象是下一代，它的对话者是孩子，因而，它要更为关注的不是自己的发泄，自己的表达，而应是一种精神上的影响力，提取自己最深沉的成人感受力来投射到对下一代的精神走向上的关注，达到儿童读者效应上的追求（这种"传递"，也因为儿童对象的缘故，还应更为关注"传导"的方式，这一重要方面的内容我们将在第四章进行专门探讨）。

这里，我以为它的成人身份感和成人的自我所体现出来的成人认识事物的水平及其态度，首先反映出一个十分鲜明的特色内容，那就是——"重生"的意味。

成人的自我是期望在"儿童"身上投射而得以重生，它的方式是复合在儿童的行为表现的走向上。这重生感，在成人是一种自我的精神投射，同时，它又期望在儿童的身上实现这种生理的、心理的重生。

这重生感在儿童文学创作上的意义，传递出一种促使儿童读者达到"心理转换"的信息。而且，实现这种"心理转换"，也正是儿童读者所渴望所追求的——其主题就是"成熟"。

它与人类的"成年仪式"的精神深深相通着——其内容就是"能力"。

重生与心理转换

我以为正是在我们人类久远的成年仪式中，发散着对儿童文学极有启示的精神意义，并含有深深的美学、心理学和教育学的悠远价值，更与我们在此探讨"重生感"的两代性主体和自我的内容有着直接的关联。

它透露出人类对儿童与未来关系的最深思考，也透露出成人对儿童自我生成的运用方式。

成年仪式，亦称成人仪式、成丁仪式，或有称青春礼。它的年限不等，有于十岁到十六岁其间，也有定到二十岁的；但其概念主要是指儿童开始进入社会生活，标志成熟的一种仪式。

它所含有的"正式进入"的意味，似也可兼指宗教上的坚信礼、受戒等仪式。我国封建社会的"冠礼"便是一种演化了的成年仪式。

它具有一种告别童年，从此不再享有以童年态度对待世事的郑重其事的气氛。试以冠礼考察，可见这种标志"入世"的仪式态度——《礼·曲礼》"男子二十冠而字"；荀子《大略》《仪礼·士冠礼》有谓"十九而冠"，而当时民间一般为十六岁，俗称"作十六岁"。《太平御览》载"家语曰成王年十有二而嗣立明年六月冠成王而朝于祖庙以见诸侯",又载"太子即冠成人",从此的对待便是"太子有过史必书之"。儿童到了一定的年龄,通过"上头戴髻""加冠"的仪式,以示成年,在束发(收束起儿童时代的自由散发)、加冠(承载起严肃的社会义务),并在一套特别的礼仪气氛场合下经历这一过程,从而达到"弃尔幼态"。

弃,正是成年仪式的一大精神。

从此丢弃掉童年的态度,脱离童年的状态,是仪式对儿童走向成年之时使其获得深刻认识的一个功能追求。这种丢弃,则是达到走向成年的心理转换的前提。

为了加深这种心理转换的印象,许多原始的、初民的部落成年仪式中,有着更为严厉,甚至十分严酷的方式,往往通过运用生理性的肉体对待来促使儿童实现心理上的真正转换——例如跨火、割体、拔牙,甚至鞭打、捆吊,等等,都是以严厉的难忘的形式来追求儿童从心灵深处实现社会性的断乳,丢弃掉甜甜蜜蜜的童年际遇。还有一种行为更直接表达了这一层象征意味:在仪式中将孩子的身体先涂上白色,代表他的死亡;当最后被接纳为成人时,身体便涂成红色,表示再生。这种丢弃儿童状态的态度表现得是多么强烈,而丢弃是为了重生的追求又是多么明确。卢梭在他的《爱弥儿》中讲到,儿童脱离儿童状态实为"第二次诞生"。

这真是一种人生的蜕变的含义。特斯曼曾介绍过,有的西非部落认为孩子是"人类生存的最早阶段,就像是未变成蝴蝶前的毛虫一样"。

重生,是成年仪式的又一重要精神。

这种如此严厉的对待，是来自于成人对如此严厉的未来实际社会的认识。达到心理转换，是走向成熟的必须，要让"只具有生物意义的孩童"向"文化人""社会人"过渡。希腊学者赫洛道特认为：割礼仪式是人们关心自我的一种表示。"不一会儿工夫，今年我们一道来的十二个孩子全成了大人。这一手术（指割礼）使我们从一种状态过渡到了另一种状态，速度之快叫我无法表述。"

成年仪式中还有不少时间性较长的过程方式，其功能却是同样的，即促使儿童由童年状态向成人实际状态转换——南非的苏鲁人，儿童成年时，会被族人剥掉衣服，浑身涂白漆，然后只被允许手执一盾一镖，至森林中自谋生路。白漆一月之后才能褪净，在此时他如出林，则射死，所以他必须具备觅食、取暖、防身、识别有毒植物等能力。这一类的成年仪式中，还有诸如安排一场战斗，经历一段严峻的旅程等方式，都是一种几近淘汰制的独立性考验，使用强制手段叫儿童身心走向成年的生存适应。这种由身心震撼而达到成年领悟的方式，还有幽居和禁食。美洲的易洛魁人和印第安人的孩子，都要受到严格的独居和饥饿的对待，以促使他在精神上与"神"通灵，也就是领悟生存之道。

入世的能力，是成年仪式的另一重要精神。

所有这些成年仪式的基本精神，都鲜明地表达了人类的成人在对儿童走向成熟的态度中，是那么专注地传递着一种"重生"之感。在"代"的意识中，强烈地融入了成人的自我认识，并有力地投射到他所期望的儿童对象身上，试图促使儿童达到一种反儿童化的心理转换，促使儿童达到"自我"发现。

我以为儿童文学创作与接受的活动，正是在这一意义之上可称是接近于一场文学的成年仪式。

一个儿童文学作者的成人身份，在这里不是趋向取消，而是得以确立，并且这种成人身份感的强化成了一种追求。一个儿童文学作者的自我，在这里也不是趋向抑制，而是得以表现，并且需要这种自我表现动用最本体的深层情绪。

两代性的形态，使得儿童文学作者的自我在创作中体现出了这样一种特点——成了与儿童对象复合的自我，有如自身的第二个自我，一个成人自我在投射过程中演化成儿童对象的"自我"发现，在某种程度上形成了自我的重生和延续。

人生"再来一次"的愿望在儿童文学创作上得以精神性地实现。在与儿童读者的精神对话中，作家进行了代的传递，自我的传递。

对话、代言与暗语

然而，两代性的精神对话，又并非儿童文学作者身份感的唯一形态。

我以为在儿童文学作家的创作心态中，在身份感和自我的表现方面可大略分为三种基本形态——对话式、代言式和暗语式。

对话的形态，便是上述所探讨的成人身份和两代性的强化。

代言的形态，则是一种从表层上淡化"代"的概念，隐去成人身份而追求复述儿童或少年身份的表现，成人作家企图以少年儿童代言人的身份面目而出现。在这种形态中，作家放弃和回避"两代性"的存在，竭力抹平自己与少年儿童在"代"之上的距离，努力使自己与他们处于"同代"身份，从表达的表层上实现完全为儿童或少年说话，即代言。这是我国当代儿童文学创作中的作家身份感所表现的一种流行的、暂成主流的形态。

暗语的形态，是一种我国儿童文学作家目前还较少表现的"自我"进入方式。它企图褪去所有的社会身份感，在儿童文学创作中不但淡化两代性的意识，而且淡化成人与儿童作为两个主体系统之间的模拟关系，即追求一种通过进入自身的无意识层次之中而达到与儿童原始思维接近的原生性内容。

但是代言式和暗语式这两种形态，却在作家的深层心理机制中紧紧关联着"自我的重生"这一儿童美学的问题。

代言的形态，是一种成人对儿童的扮演。

暗语的形态，是一种成人对原始的招魂。

以一个成人作者的身心，如何试图从创作上返回、进入或接近儿童对象的心灵，都将牵涉到成人创作主体和成人自我的转换方式。

这是以下所要进一步探讨的内容。

破译成人作家的儿童梦

"童心"疑考

我以为，中国的"童心"说法似乎一直含有两层意思：一层是指获得一颗儿童的心灵，兼指儿童的心理状态；另有一层是指成人感慨于社会（异化），而渴慕进入原本的、纯真的儿童之心，在运用"童心"的概念时附有一种反社会的意味。

第三章 传 递

我国儿童文学界在对童心的追求中，就是这么含混着两层意思，并且染上了另一层"儿童崇拜"的意味。因而，这"童心"的主体所指常常并不是儿童，而是成人作家。

对这种成人作家重获"童心"的概念范畴，从理论上我一直是持怀疑态度的。虽然它是一种朴素直观的把握，但我以为，它实质上是倾向于一种已成人化了的、站在成人反社会的角度去品尝童心的态度，这"童心"的意味便已不再与真正的儿童心理和儿童心灵在同一层次上了。

而当它作为一种追求出现在一般理论中，则导致了我们对儿童文学作家审美态度和审美趣味的认识偏差。这偏差具有错觉的两重性：既崇拜儿童状态，又主观处理了真正的儿童心灵。

对"童心"的这种成人的品尝态度，以及它的非儿童心理内容之所指，是应有必要认识的。

"童心"一词作为一种语称用法，一直出现在中国诗文著述中。较早，如《左传·襄公三十一年》篇中就有"于是昭公十九年矣，犹有童心"之说。而它作为一种思想观念的运用，无疑当首推李贽以《童心说》为题的专论，然而，《童心说》既非谈论儿童心理，更不是涉及儿童文学的议论，甚至，也没有丝毫近代那种"儿童本位"的意思。它是一篇激烈的反儒文章，以童心来观照抨击成人的文化、社会的虚伪。在李贽的文中，"童心"的概念尚不是儿童心灵和心理活动的指称，而是一种成人的境界和认识论上的范畴。"夫童心者，绝假纯真，最初一念之本心也。若失却童心，便失却真心；失却真心，便失却真人。人而非真，全不复有初矣。"又"童子者，人之初也；童心者，心之初也。"应可见出，这里在探讨的是人性与文化的关系问题,"童心"是一种反(儒学)文化的"本心"的追求;李贽所谓的"童心失",是指的后天儒文化的信息浸渍,所以他提倡的是人心的初念(只不过以童子之心来比喻,而实质是指成人的境界),"童心者之自文也,更说甚么六经,更说甚么《语》《孟》乎"。

"自文""心之初",这都是带有反异化的观念。这也一直是中国文化中对人性和认识论进行思辨的一个主题。其中,童心,或赤子之心、稚子之心的概念也便成了一种反社会性"束缚"的含义,完全是为成人的目的。

孟子有言:"大人者,不失其赤子之心者也。"大人,指的是有道德、有境界的君子。这在文学上、审美上也衍生成一种解脱于社会性意识的境界。袁枚便说"余常谓:诗人者,不失其赤子之心"。李贽便说"知美名之可好也,而务欲以扬之而童心失;知不美之名之可丑也,而务欲以掩之而童心失"。追求的是一种反社会意识的无遮无盖的纵心,这纵心是为反"理"。

这在袁宏道的议论中清楚可见。"大都士之有韵者,理必入微,而理又不可以得韵。故叫跳反掷者,稚子之韵也;嬉笑怒骂者,醉人之韵也。醉者无心,稚子也无心,无心故理无所托,而自然之韵出焉。由斯以观,理者是非之窟宅,而韵者大解脱之场也。"解脱于社会意识的压抑,一个"醉"字,写尽了这番成人对童心的意思。袁宏道还表达了这种童心与超脱的关系:"公今年七十,当吾夫子从心之年。从者纵也,纵心则理绝而韵始全。公若不信,则呼稚子醉人而问之。"(《袁中郎全集》卷二)。一个"纵"字也写绝了这番成人对童心境界的渴慕。

这一种成人反社会的态度倾向是十分鲜明的。

也令人想起卢梭对"自然人"的追求，对所谓"人所形成的人"之见解，以及他在《爱弥儿》中开首第一句"出自造物主之手的东西，都是好的，而一到了人的手里，就全变坏了"的那种对人性的思考。

而中国化的"童心"概念，实在也始终是与"性"之思辨紧紧相连的。孔子所谓"性相近也，习相远也"，而后世一般对童心的追求目标，则大都是以推崇初生之"天性"而反对后天之"积习"为倾向——这导致了"童心"观念中实质所强烈含有的成人那种返回自然、返回本性的意识色彩。它的儿童崇拜是表层，它的成人境界是深层。

"童心"作为一种人格力量

我以为，"童心"的提法对儿童文学作家的积极意义在于它被当作一种美好的人格力量。

一个中国人对人生，对艺术，对文学能含有追求童心的观念，首先是一种获得近代进步意识的表观（同时，还不是达到一种现代意义的儿童研究）。

中国文字的"童"，在《周易》之中原指奴隶，指愚昧幼稚，"童"从"僮"。而在甲骨文中，"弃"字的表达实就为一种残害小孩之象："弃"字即捉住小孩扔到箕里；或加丝旁，即用绳捆起，手旁或有血滴；而金文从倒子，两手倒提捉住，扔到箕里（见《周易通义》）。故此，"五四"时代的文化先驱者热忱接受"儿童本位"的思想，宣扬"童心"的观念，首先实在是一种近代人格的美好表现。

我以为升起在中国儿童文学界的"童心"观念之中的，便是"五四"时期那种既承继中国传统里心之初的反义理色彩，又吸取近代西洋的儿童本位思想的混合型的基础。在它的意味中成人的情绪性成分很大，是一种近代进步中国人的成人感喟之下的儿童观，它一方面激昂地意欲抛弃一丝一毫的成人自我，另一方面则却是无限悠远地怀着一颗成人的失落之心追索着儿童之象。

这样的"童心"，首先是一种人格表现和成人抒发。

在浪漫派中，有如郭沫若的情怀，"我们要如赤子，为活动本身而活动！要这样我们的精神才自然恬淡而清静"（见《创造周报》第2号《中国文化之传统精神》一文），又"创造生命文学的人当破除一切的虚伪、顾忌、希图、因袭，当绝对地纯真、耿直、淡泊、自主。一个伟大的婴儿"（见1920年2月23日《时事新报》《生命底文学》一文）。郭沫若追恋于他的童心意象，极推崇英国自然派诗人威廉·华兹华斯的《童年回忆中不朽性之暗示》一诗，并引发出"此（儿童）世界中有种不可思议的光，有窈窕轻淡的梦影；一切自然现象于此都成为有生命、有人格的个体；不能以'理智'的律令相绳，而其中自具有赤条条的真理如像才生下来的婴儿一样。所以儿童文学的世界总带些神秘的色彩"（1921年《儿童文学之管见》），从中可以看出袁宏道和西方自然派的影响，看到中西合璧的成人对童心的感怀。童心世界成了一种追索品尝的"天光""幻境"。

在人生现实派中，有如叶圣陶的悲悯情绪，以一种泛爱、温馨的童心心境来观照幽凉的现世。他的童话《稻草人》，借特殊的视

第三章 传　递

角来传达出特殊气氛,写农妇、叶虫、窥世的鲫鱼和投河的女人,写的是病孩的景象,却透露出阅世的一股无奈的凄凉意味,实在并非真正为儿童的写作情绪。即使他的《古代英雄的石像》《蚕和蚂蚁》完全是以低幼的口气写出,但一番童心感怀也是对自我完成、人生与死亡等问题的成人情绪观照。

这种反社会情绪的童心追求,又有如冰心和丰子恺成人的感叹和潜心,实在是大于对真正儿童心灵的追求。郑振铎对其时泰戈尔的影响曾有此言:"《新月集》虽然未尝没有几首儿童可以看得懂的诗歌,而泰戈尔之写这些诗,却绝非为儿童而作的。"(郑振铎《新月集·译者自序》)冰心以文字抒写过许多儿童状态,丰子恺以画兼文字写过《儿童真相》,但更多传达给人的则是一种成人厌世、潜情的追求"真趣"的情绪。

丰子恺说:"我无论何等寂寞、何等烦恼、何等忧惧、何等消沉的时候,只要一唱儿时的歌,便有儿时的心出来抚慰我、鼓励我、解除我的寂寞、烦恼、忧惧和消沉,使我回到儿时的健全。"(丰子恺《儿童与音乐》)童心,已成了一种人生的调剂,精神的寄托;之中便已有禅意生出。

确实,在中国的童心观念中,还有着与禅意相通的一面。中国的文学受着诗心的影响,诗与画又常出一格,由丰子恺而到齐白石,到八大山人,到汉晋木版画,其对童心和禅意的"拙"的趣味追求,是可见出的。齐白石的"痴思长绳系日"印和他的花草虫鱼,林风眠的叶间呆鸟,李可染的牧童水牛,都可以被人称为童心不泯,这种趣味实在更是一种中国人的人格境界。

成人对"稚态"的感觉模式

可以看到,许多所谓的"儿童情趣",实质上是成人的一种趣味。但在西方,成人对儿童的兴趣更多一点发生论的意味,因而也在某种程度上形成一种儿童崇拜的特色。

对"拙"的欣赏,西方更多一些寻根的意识,常常与人类学的思想发生着关联。

在毕加索的艺术和思想之中,便有着令人瞩目的"儿童气息",它是深深地与一个艺术家对野蛮、原始的审美趣味有着联系。如毕加索自己所说:"美,那是多么奇怪的东西啊……在我看来,美这个词毫无意义,因为我不知道它的意义来自何处,引向何方。你能确切地知道从哪里可以找到它的对立面吗?"这种儿童般的审美认识,不能不说是来源于他对童年经验和感觉的崇尚。在这里应特别加以指出的是,毕加索的这种儿童审美趣味的艺术观正是在他达到艺术成熟之后朝着童年方向回寻而得的——是一种返回儿童的运动。

毕加索的艺术是在中后期开始向原始和儿童气息发展的,出现了他的半人半兽、怪物和立体主义构图。他有一组"公牛"画,更是具体形象地说明了毕加索的回寻运动:那是1945年12月5日起到1946年1月17日连续画成的十一幅公牛画。这是一个连续"删除"的简化过程,从一头壮实而具有真实感的公牛,逐渐演变成最基本的几笔线条,近乎儿童画或原始壁画的那种原始拙形,然而,这趣味,又不是真正的儿童所能表现的,"保留下来的线条包含了我们说'公牛'二字时所想到的一切"(罗兰·彭罗斯)。

这种返回儿童的成人趣味追求中,含有西方普遍显露的对儿童崇拜和"发生"意味的认识。如康定斯基所言,儿童气息"底下的一股力量,有一天显露出来……儿童们直接从他们的情绪深处所构造的形式,岂不要比那些希腊形式的模仿者的作品更富于创造性吗?那些野蛮人艺术家都有着自己的形式,他们的艺术岂不是像雷霆一样的有力吗?"

很早时期,希腊哲学家安纳格曼得尔就对儿童做过赞美性的著述。在柏拉图的《理想国》中,已构想过儿童对社会的特殊作用。返回儿童的儿童崇拜思想,一直也是乌托邦的一种追求。在《太阳城》一书之中,在西班牙"彭波斯塔"乌托邦等实验之中,都对"儿童之国"寄寓着梦想。

卢梭奉儿童为神明。华兹华斯更直抒"儿童是成人之父"。波德莱尔则喟叹"天才就是随手被抓回来的童年"。以至越趋现代,这种儿童崇拜的情绪越浓,丹尼尔·贝尔曾分析西方现代派文学艺术的特征之一便是返回童年的倾向。

但是,西方文化的这一类表现,也仍然只能是一种成人态度的品赏趣味,仍然无法使成人重获真正的"童心"。毕加索的艺术和荒诞派戏剧不是为儿童所能欣赏的。约翰·列侬的甲壳虫乐队唱遍一代人心目中的"昔日的芳草地",也只能是流露成年人的怀恋:纯情的大孩子气。即如肖邦的钢琴组曲《童年景象》第七首那迷醉了成人的"梦幻曲",也只能是一种企求潜情返回的儿童梦。

人格追求不可谓不真诚,然而成人却不可能重返儿童状态和重获儿童心灵。

儿童们对成人模仿儿童稚态的变形绘画,对比利时布鲁塞尔城的撒尿小孩铜雕的趣味,是否同样有喜爱的共鸣,是大可怀疑的。

因为那从形式上更多反映出的是成人对"儿童"的一种"亲情"。

法国心理学家瓦龙指出,观察儿童的是我们成人,可以说,人类在认识事物时,开始总是将自己放到他所认识的对象中去,赋予他们一种合乎他想象的存在与活动,那么当他去认识一个既是他的前身而又一定要发展成与自己相似的对象时,这种习惯怎么会表现得不强烈呢?

对这种人类学意义的成人对儿童的"亲情"反映,曾获诺贝尔奖的行为学家尼可·丁伯景做过专门研究,在其《动物行为》一书中探讨过人类对"稚相"的亲情感觉模式:与幼雏、幼兽的短圆躯体和器官具有唤起哺乳动物的亲情反映功能一样,人类的成人也对一切"短圆"的儿童型生物(短吻、圆腭、圆头圆脑等等他所称的"超常刺激")唤起一种对稚态的亲情感觉。如迪士尼的卡通动物造型就符合这种感觉模式。

确实,这种对稚态的亲情感,常常是成人欣赏下的儿童情趣的一个来源。

扮演儿童的身份

这样的成人趣味的"童心"一旦表现在儿童文学追求上,往往产生一种对天真无邪、幼稚蒙昧以及孩子们的一切无社会经验之下的行为和洋相的欣赏,并以为这就是儿童化。

其实成人作者在这里所表现出的,更多还是一种成人的精神补偿。

我以为,这样的"童心"意识,与真正的儿童心灵和儿童心理活动内容存在着很大的偏差;在低幼文学中,它还有着一席之地,祖孙对话的内涵形态多少还能赋予它一点返老还童的意义和趣味。但越是在中高年级以上的儿童文学之中追求这种趣味，它的反社会的成人情怀和精神解脱的成人境界就越是显露。

这种返回儿童或返回少年的企图，只是一个成人之梦。

一个儿童文学成人作家无论从实际上还是从理论上都不可能重返儿童的身心状态——然而他儿童梦，或是少年梦，还是可以部分达到。代言，即是一种方式。但它的性质已不是重返和重获，而是一种模拟、一种扮演的创作活动。

我以为，在代言式的儿童文学创作形态中，由于成人作家追求在意识上放弃"代"的相隔，放弃"自我"的存在，放弃成人的身份，真诚地想要进入儿童之心和少年之心，确实能在某种仿真和逼真的标准下接近对象的状态。体察，便是一个表现手段，作家能通过动用自己的理解、观察和品味，动用对自己曾经也是儿童或少年之身的感受和记忆，竭力进入仿真的状态。体验，则是一个更深入的创作境界，作家进而能在某些时刻（我以为绝不会是全过程），在情绪时态和创作时态的累进和迸发之中几乎迷幻地超越了自我，或潜情于自己的童年心态，或移情于人物的身心，进入了逼真的状态。

然而必须指明的是，无论是体察还是体验，都仍紧连着一个成人身心水平下对本体和客体的成人认知性自我，他所进行的活动实质是一种充满信息选择和信息处理的模拟与扮演。

作家的童年感受、童年体验和童年经验，都已融入作家成人的自我中。自我不是可零取的固件，而是合于现时意识的心灵化合物，提取或进入这种儿童体验，不能不存在着"测不准原理"，即当用先进手段的观测仪器去探看微观世界之时，被观测到的物体其本身却已受仪器的干扰而发生了变化；以成人作家现时的成熟心理去体验幼儿、少年当时的心理，也无疑会有着一定程度的走样和异变现象的存在。

优秀的代言式儿童文学创作活动，常常能达到的是一种成人自我的暂时消退。它不可能透过创作从根本上实现"代身"和"代心"的重获，而更大量的创作基础在于实现转换。

其转换的重要之处，是从成人视角转换到儿童读者心理视角。需要注意的是，这种转换的实质不是趋于儿童本身的状态，而是一个成人作家能够通过模拟和扮演儿童角色而表达出儿童视角的心理内容。

也就是说，这种形态真正的功能意义，并不可能达到对儿童状态的"代身"和"代心"，而在于走向反映儿童心理内容的"代言"。

这种代言形态的儿童文学创作，最大的特色便是成人作家完全从儿童或少年的身份出发，力图进入这种身份感中说话，以作他们的代言人为己任。因而，宣泄、释放、自白，也便成了这类形态儿童文学的艺术表现特征。其中，第一人称的经常性运用，往往直接表达了成人作家试图获得少年儿童代言身份的外显的愿望（即便是在第三人称的表达中，作家以"我"的模拟和扮演的创作心态也仍是第一人称的性质）。

它所竭力追求的，往往是与少年儿童读者的同代感的心理意识。

我以为，通过一出儿童剧的演出，即可对成人的"童心"追求作出鲜明的观照。

在一出有文学价值的儿童剧的内容表达和表演表达上（哪怕所

有接受对象都是儿童），本身便都是高于儿童水平的。再成功的儿童人物的表演，也不意味着是成人身心的演员重返儿童，而是一种模拟和扮演。这种表演中有可贵的体验，但更多的是设计和表现。真正有所成功的成人特型演员，是自知无法达到与儿童的合一和形似，而追求神似。神似更在于一种心理表现。他们领悟的是，只有成人才去讲究像与不像，小观众的认可性在于是否讲出了他们的内心语言，是否表达了他们的心理动作。

原生性的心灵

上述代言形态的儿童文学创作，已成为一种我们进入儿童心灵的常用方式。尤其在一个颇具动荡情绪的时代，为少年儿童代言，是极有文学效用的。

但若从创作的自我进入程度方面来探讨，它还是一种表层的形态。儿童文学成人作家与儿童读者之间在身心存在着距离的现状下，代言的形态是通过成人作家对客体的认识来达到对儿童心灵的模拟，虽然创作主体的自我有一定的参与，然而毕竟是两个系统之间的介入性的活动。

我以为，还存在有一种可称为"暗语"式的儿童文学创作形态——一个成人作家还可以通过对自己内部的挖掘，在返回自己生命的身心本体状态下，从深层的无意识之中来唤醒、提取和呈现某些"原始"的情感信息，从而通过这些埋藏在人类无意识中的暗语式内容，通过"原始"来接近儿童。

儿童心灵同原始心灵常常是可沟通的。

儿童总能被神话和童话的形态所吸引，即是表现之一。一切超验的、神秘的情绪，一切狂野的、本能的心态，也都是与儿童心灵大有共鸣的情感内容。在这里，所有的社会身份感都已消失，而只有人心在积淀、整合、进化过程中所遗传下来的原始心灵痕迹，这是一种人类所共有的情感暗语。

一个天生具备内在化身心素质的儿童文学作家，往往是能唤醒和运用这种原生性心灵的人。

成人作家的"体验"在这里已不是对儿童的模拟，而成为一种对自我深层意识中含有原始意味的冲动和情绪的感受，也就是说，一个儿童文学作家有可能越是通过对主体的自我挖掘，而越能借心灵的原生、原始意味沟通儿童的心灵气息。

原生性的心灵，之所以能接近、重演或复活了儿童心灵，其原因在于二者共同体现出的原始思维这一特征。诸如神秘感、超验感、巫和魔的气息、狂想与蛮想、万物有灵观念、生物角度与生理快感，以及玩耍、操作的自由心向，等等，都在成人的无意识中暗通着儿童心灵。

在文学创作中对原生性种种情感的唤醒和运用，是一种非理性的审美活动。心灵的原生性"痕迹"，是有其物质基础的，那就是处于无意识阈值下的心理能量信息（对这一身体与情感的审美发生学专题，将由另著表述）。

游戏性写作心态

暗语形态的儿童文学创作，往往在作家实际写作时体现出一种十分独特的创作心理定式，即游戏性心态与写作状态的关系。

对各类作家在实际写作过程中的状态，因这一问题的微妙性以

第三章 传 递

及情况各异而历来研究甚少，但每一类作家，甚至每一位作家一定都有着自己习惯性的写作心理定式。儿童文学作家在进行暗语式的创作时，我倒以为可用游戏的精神来观照这种写作状态。

它基本是一种非思辨的写作情绪，伴随着一种游戏性的写作快感。

游戏精神是形成人类审美态度的一个重要来源。每个人自小首先获得的正是这一心理快乐。随着成年，是逐步转移了这种心理快乐还是逐步发展了它，可以从心境类型上区别。一个人是否仍保留这种儿童式的天趣是一个标志。具备更内在的身心素质的儿童文学作家，便是一些仍能获得、仍能品尝这种心理快乐的成人。游戏精神是可以得到发展的——巫术思想和魔术思想都同它关系密切，这两种潜藏在无意识之中的心理，常可在成人的迷幻思维形态和非理性审美情绪中发散出来，这正是一种彼得·潘式的典型儿童气息：它常以玩耍和胡闹的形式，明显地区别于那种道学气息；它仍感兴趣于超现实、神秘主义和自我幻觉，对理性世界颇感乏味；它始终还对宇宙万物及其关系抱有神奇的观点，对生命、物质、时间、空间、心理现象和物理现象等"存在"的材料，极愿沉浸于一种摆弄和操作的动作思维的乐趣之中。

从最宏观的角度来看，如果战争这一现象也是人类游戏精神发展的一个阴暗和不幸的变种，那么体育精神则又是它一种高尚的延伸，把对心理能量和生理能量的发散寄寓于娱乐性比赛之中，并在规则下尽情释放的体育精神，是成人的游戏性快乐成长深化的一个方面。对它的内在兴趣，对它所带来的快乐的感受，也是一个人仍然深具儿童气息的表现。当一个人拼命想跑得比别人都快时，当一个人用脚魔术般地控制球时，当一个人深入陌生之地作冒险窥探时，当他对这一切都无限向往并乐不可支时，不能不说这个人便在相当程度上重回到了"玩"的游戏心境。

而当一个成人作家将这类深层的心理能量投射到文字操作上，将原生性的心灵附会在文学想象的快感上，在创作的心向中享受着无意识在心底的原始冲动感和超然无羁的随意感，那他也同样在很深的程度上重回到了童年情感的"玩"的游戏精神。

这种"玩"的精神是多么的"有劲"。这种"有劲"的心境是多么的富于儿童气。

这里，我们就提出了关于"戏作"的儿童文学写作状态的现象——许多真正透露出浓重儿童气息的神使天成式的作品，往往是作家在这种游戏性的写作状态之下产生出来的。

迪士尼的《米老鼠与唐老鸭》卡通片早已赢得了全世界儿童的心，然而创始人华特·迪士尼却公开表明：他对儿童心理一无所知，他制作影片是为了自己开心。刘易斯·卡罗尔纯粹是一个数学家，并不认真地应表妹们的请求而编出一个故事，结果产生了《爱丽丝漫游奇境记》。《金银岛》则出自史蒂文森为度过漫漫长夜而给继子戏画的一张假想中的藏宝海岛密图。《长袜子皮皮》是阿·林格伦在陪伴她卧病在床的女儿时每日随讲随编下去的一个故事。

不少成功的儿童读物的创作过程，"戏作"的成分竟然如此之大。还可见到，这种创作本身，对作者本人来说已是一种融为一体和合为一念的游戏性快乐。这种"戏作"的写作状态所能给我们以启示的，并不是儿童文学创作的不认真态度，而是其体现了在绝少思辨意识和道学气的游戏精神心态下所能产生的真正儿童气，是一种写作中原生性心灵的自由浮现导引出的对儿童深具魅力的原始共通的情绪暗语。

中国古代文学批评家金圣叹认为：文章是在手与纸之间才真正产生的。这一观点实际上涉及了无意识心理内容显现的写作状态，是十分有经验的见解。确实，一些属于"暗语"式创作形态的儿童文学作家在心随着笔、笔渴望着纸的写作内在快感中，凭着自己即时沉浸其中的一种游戏性的心态，凭着想象操作和文字操作的"戏法"所激起的快乐，便已能预见到自己的作品在"有劲"之上将与儿童读者达到沟通的程度。

"戏作"的儿童文学写作状态，实际上深藏着儿童美学的规律内容，它暂时丢弃了思辨性，让心参加游戏，升起了本能的、狂野的、玩耍的情绪，也获得了一种主体本身的内在快乐。

也许可以说，真正纯粹的儿童文学作家，正是在这一气质上与众不同，正是在游戏性心态下得到了特别的发展。

"儿童水平"批评

儿童文学作家的特异素质

一个国家的儿童文学水平，首先与这个国家的儿童文学作家的素质水平有关。虽然也与这个国家的儿童接受水平有联系，但主宰儿童文学艺术水平的仍主要是成人创作者一面，因为儿童读者对文学的接受水平是可由作家与作品而引导和提高的。

可惜的是，在我国儿童文学界占主导的是一种俯就"儿童水平"的审美倾向。

我以为，正是这种"儿童水平"的标准，导致了我国目前儿童文学作家素质的低下状况。这种标准所能召唤来的往往是一些只具初级水准的作者和以浅露为正宗的作品。

这种"儿童水平"的标准，还正在当代的实践中被当作了抵御探索儿童文学审美价值的盾牌，也被当作了攻击所谓看不懂的作品的一支矛。持有"儿童水平"的标准，还带来了一遇文学接受的难题就滑坡的低下态势和立刻去附会"通俗"的声潮。

本文的所有出发点正是与它完全相悖。

承认还是不承认儿童的认知、感知以及审美力尚处于一种低级状态，反对还是追求儿童文学的艺术去俯就儿童的水平——我以为是可以作为这一异议的简化表述。

儿童读者的"接受"问题，并不能仅仅作一种儿童状态的狭义理解，它的真正意义其实更应该是对儿童的文学阅读心理接受机制以及读解功能的把握——对此，我们已在第二章中对"儿童反儿童化""儿童视角""儿童的模糊阅读方式"等现象作了阐述。我认为，这些儿童的阅读心理现象应该在与成人作者进行传递的创作心理现象的双向结构中，才能完成这一"接受"活动的表述。

对儿童读者"接受"问题的关注，并不意味着是对儿童水平的俯就式标准的追求。

我认为，如果把我们的儿童文学作品创作、价值评判以及评奖标准这些重要方面的审美水准都定在儿童水平的程度上，都仅仅奉儿童的好恶来处理，实在是一种置常识而不顾的错误追求。它还具有一种极大的危害性，那就是日趋降低了儿童文学作家的素质水准。

一个现代意义的儿童文学作家的特异素质，不仅仅在于能够运用浅显的沟通技巧，以及能够怀有一颗儿童般的心灵，而应特别在于能够拥有一种相知的诱导方式，促使儿童的心灵发生某些审美的建构活动。

否则，还需要儿童文学干什么？

我认为这一质询并不是没必要的。试看我国当代的某些儿童诗和某些童话，为什么在真正的儿童自己创作的诗和童话面前黯然失色？在孩子们自己作品的童心和想象力面前，那些成人追求儿童水平的创作又何必存在？不能不指出，某些少年文学也同样陷入这一窘境，当中学女生写出她们的真正情怀，也总使得我们的一些对少男少女的模仿之作显出赝品气息来。

吸引儿童读者只是一个手段。

现代的儿童文学作家更应有参与儿童心灵发展趋变的素质。同时，这一参与的出发点更多地应落在儿童的审美心理的建构活动上。

我们的不少儿童文学创作，往往较为关心的是一种社会学的"问题"，这在儿童小说和少年小说上几成主流。文学的这种进入方式，当然也是一个国家的文化背景的习惯产物，但它无疑是背离了文学的真正的审美功能。尤其从一个儿童文学作家的内在素质上来观照，这并非一种纯粹的素质表现，因为它实际上只是创作活动上的"题材"处理问题，只是文学反映上的"对象"问题，只是运用一种所有文学创作都需要的某类沟通技巧，只是在表达上处理得"低"一些。

而儿童文学作家更纯粹的素质，还在于有能力从一个成人自我中内在地感悟到儿童心灵世界的图像，并知情地诱导扩展这种心理景象——他的内在兴趣是在参与儿童心灵的对外认识发展进程，像安徒生那样，他首先具有的是一股有利于儿童审美情感培养的传递冲动。

我以为，是否出自主体地感悟到一个成人作家参与儿童文学创作的兴趣与使命，是一个儿童文学作家内在素质的极大体现。也就是说，这种内在素质的拥有，是超于常人地强烈意识到少年儿童审美心理在人生中的"发生"地位，并把它看得很重，甘愿把自己投入到童年期精神活动的探索。

对儿童文学的参与审美发生的价值体认和恳恳追求，正是我们所缺少的素质。

这个国家与这颗星球的箴言

缺少发生学这一意识的素质，使得我们只能达到与儿童的认知、感知和审美力相提并论的水平；这种"儿童水平"的标准，又影响了我们的儿童文学在艺术气息和审美价值上只能囿于一个低下、短浅的水平状态。

儿童读者的"接受"问题是一个叙述技巧问题，同时也是一个文学欣赏的训练问题，它本不应该成为儿童文学拒绝追求艺术水准而去俯就儿童水平的托词。

优秀的艺术性儿童文学作品，从来都不可能仅仅取儿童水平和儿童眼光，而是在成人认识事物水平上的理解，是成人感受事物水平上的态度，与其他文学形态一样，同样是创作主体自身水平的

第三章 传　递

深刻又特殊的表达。否则，是产生不出安徒生的《丑小鸭》、詹姆斯·巴里的《彼得·潘》、宫泽贤治的《银河铁道之夜》等等作品的。仅以儿童体验的水平论，其实也就无形中排斥了哲理感、悲剧性、寓言体、诗意和种种深远艺术境界在儿童文学中的存在。

如果一个成人作家仅仅是为投合儿童自发的文学水准口味，那么我们就可以再一次质询那一个问题：儿童文学为什么有必要存在？

在生活中儿童或少年可以自发地去选择《水浒》《鲁滨孙漂流记》《简·爱》和《铁道游击队》，可以自发地去选择收听和收看《杨家将》《姿三四郎》和《上海滩》，可以自发地去选择金庸、梁羽生、琼瑶和谢尔顿的通俗小说。若从他们那种趋之若鹜的"接受"状态来看，难道不可以认为这个世界上如果没有儿童文学这一门类作品，少年儿童也许是不会太难过的？

然而，儿童文学却是一个崇高的存在。

它的崇高性，难道不正在于它往往是一个民族、一个国家和一个社会对下一代的精神传递，以及成人对儿童情感发展的关注，对儿童审美价值取向的导引和对儿童自发的认识水平深谋远虑的干预吗？

它的崇高性，难道不正是在于它不仅仅看重"接受"的吸引力方面，而且更为追求"接受"的审美心理发生和读解机制成熟的功能吗？

"儿童文学"飘扬着的是一面印有赤心与光芒、和平鸽与橄榄枝、人与星球的人类大义的光荣旗帜。

参与这一本质崇高的创作活动，本应该更少一些商业文化的气息，更少一些对一般读者消遣性心理的迎合。

它还应具有高远的心态，超越读者切身的、世俗的、生物的原始文学需求，而惦念着在题材和主题上向儿童表达关于生态圈、战争与和平、动物保护、星球意识等内容的当代最高的审美情怀。它仍愿意去承担述说涉及人类存在的来与去的箴言。

无疑，一个儿童文学作家坚守在审美的文学性上会是孤寂的。审美的价值在商业文化的价值面前是软弱的，审美的追求在"儿童水平"的追求面前是艰辛的。这寂寞和冷遇，也许来得要比以往那种只是轻视儿童文学的历史时代更特殊也更具考验。但已久远飘扬着的还有另一面儿童文学作家的精神之幡，那就是一种自得其乐的人格，它的有无与深浅，则全凭作家是否适意于这一文学活动的内在素质。

畅销之谋

对文学作品的审美价值与畅销价值的合一性追求，在成人文学的当前形态中似乎已很难实现了。然而在儿童文学上，我却认为它是一条很容易走通的道路。一个恳切于追求审美价值的儿童文学作家，似可不必无望地忍守孤寂之道，如果儿童文学的艺术境界本可达到审美与畅销的内在合一，那无疑更是他所应追求的。

因为在儿童文学形态之中，本身不应存在着雅文学和俗文学的分野局面，在儿童文学美学范畴中，本就具有一种前审美与通俗性相贯通的本质状态。

中国儿童文学目前也正在受到通俗文学声潮的震撼。我以为它不必于慌乱之间匆忙做出弃旧择新的不成熟举动，而应首先对"通俗"的概念和内容做出儿童文学自己的分析与判断。

越是惊慌的儿童文学作家越正在准备着调整、转换或出走。

也许最有代表性、也最容易对儿童文学本身追求产生不良影响的一种观念，是认为儿童文学本应该就是通俗文学，这才是它今后赖以生存的出路——这一观念有几种思考来源：一是对儿童文学进行审美价值探索的厌倦，二是异常强化了儿童读者至上的注意力，三是内心中适意于"儿童水平"的创作，四是反对儿童文学走向"纯文学"的道路。

我很不同意前面三点的思考，但完全赞同第四点的见解。如前所述，儿童文学具有的前审美的本质状态不允许它存在纯文学的追求。

我认为正是在这一点上，可区分出通俗文学的存在方式对成人文学和对儿童文学所产生的不同效应，可见前提的不同。也就是说，成人文学势必要出现雅文学与俗文学的分野，并在互补中得以共存；但对通俗文学需求的新生读者层和通俗的文学趣味，却并没有对儿童文学构成有如成人文学所面临的那种新挑战。

因为在通俗文学兴起的现象底层，活跃着一个"大众"的概念。这是"通俗"得以兴盛的原因，新兴读者层和新兴文学趣味正是以"大众"的形态出现，成了"通俗"的内在含义。文学读者在活跃的、流动的商品社会中向低文化程度的大众层面扩展；文学趣味则随着大众读者的素养、商贩旅途的需求、自由本性的复苏以及竞争社会所派生出的消遣、闲适心理，变成了非审美层次精神追求的大众口味。

文学借此回归了它众层面形态之其中一层的位置，也就显露了它并非整个神圣伟大和精神性的面貌，对"大众"来说，文学就该同酒、饮料等一类的东西一样，有这种功能就很令人满意了。

然而，以上这两点读者和趣味向"大众"扩展的改变，对儿童文学来说却并不构成为一种新现象——这显然是与它的读者成分和阅读功能相对恒定的特征有关：少年儿童读者基本上总是一个有年龄界限的固定群体；他们的文学趣味虽然不可能高，但总带有"学习"的内在冲动，而不是闲适和消遣性的。

因而我认为儿童文学实际上并不存在"大众"新概念的侵扰，没有成人文学那种势在必行的分化需要。对它通俗性的呼唤，只是它本身就应该具备的叙述技巧之一，而同那种"大众"意义的通俗文学是不能同日而语的。

儿童文学叙述技巧的通俗性，是一个追求文学接受性的艺术手段。而且，它本来就是儿童美学所致力于探索的一种前审美的特殊表现形态。这一通俗性的更为确切的含义其实应该说是一种深入浅出、形式挪前、形趣在外神思在内的意思；作为当代文学来讲，它也许还应有点儿寓言形态和类似后现代主义的色彩。它的高度发展，目前显然尚未达到，但它的趋向和实现，却是一种高级形式的追求，是一种儿童美学意味下独特的文学，即可读又悠远，有如童话和神话的趣味。也就是说，它可成为一个不分雅文学和俗文学的独特范畴，含有审美价值与畅销价值的合一性。（对形式挪前、寓言形态和通俗性效应的问题，将在第四章作专门探讨。）

有追求的儿童文学通俗性，并不屈就于"大众"和"儿童水平"的标准。同时，它也清醒地不去走向纯文学的孤高幻境。它将十分向往地追求畅销。

第三章 传 递

"畅销"和通俗，应该是两个概念。我倒宁愿欣赏"畅销"之中那种商品竞争意识的含义，而不愿追逐"通俗"之中那种仅仅为迎合大众趣味的卑躬姿态。一个是主动的自我，一个是自我的丧失。

自 控

一个适意于参与儿童文学创作的成人作家，既拥有开放的"自我"，又应能获得内省的"自控"。在批评追求儿童水平审美标准倾向的同时，不应无视接受对象的儿童特点，尤其要对儿童的年龄及由此而来的所有含义有深刻的理解。

"儿童"一词其实是多么的不精确。

汉语的概念中，"儿"与"童"在年龄上区分时显得宽泛和混乱。"儿始能行曰孺子"，"十五曰童"（《太平御览》）；"童子乃限十岁以下"（《唐会要》）；成年仪式的冠礼，又古礼为二十岁，而民间后一般为十六岁。日本的《儿童法》则将"儿童"泛指未满十八者，其中又分婴儿、幼儿和少年；而日本文化中又普遍将童年年龄定为零到十四岁。公元534年集罗马法大成的《查士丁尼法典》，规定刑事责任年龄为男十四岁、女十二岁，罗马法的这一划分成年与未成年的标准，影响了西方各国。然而，这其实又是泛指"少年"了。

这都引起了"儿童文学"一词的宽泛性和模糊性。以我国来说，"少年文学"便一直是个归属含混的概念；即使在本文所述中也常不得不陷入词不达意之中，将少年文学也纳入"儿童文学"的指称。这是语言概念的历史性模糊。

现代儿童心理学（尤以皮亚杰的系统研究为主），又将儿童时期表述为零到二岁的感知动作期，二到七岁的前具体操作期，七到十一岁的后具体操作期，十一到十五岁的形式操作期。这种对儿童认知发展水平研究的具体年龄划分，是否符合儿童审美心理发展水平的阶段性，尚不确定。

"儿童文学"便又有幼儿文学、儿童文学、少年文学之三分合一的统称。我国儿童文学出版界一般又有以学龄基础的划分称谓，即"低幼"（幼儿园至小学二年级）、"中高年级"（三年级至六年级，并含初中一年级）。本文便是采用这一划分，并在论述中更多涉及于"中高年级"儿童文学；对少年文学的态度，采取其与纯粹"儿童文学"处于边缘交叉的对待，以是否脱离儿童审美心理态度为分（具体指"儿童反儿童化""少年自恋"之分）。

我又以为，其实年龄对儿童审美心理来说，复杂性还在于"儿童文学"与"儿童读物"的区分，不把儿童读者对更加自择的阅读心理纳入探讨视角，就不能真正把握儿童年龄对儿童文学审美功能的意义。

奥尔森（Olson）与休斯（Hughes）曾提出过一个"生物年龄"的概念，即指儿童年龄的非绝对性，其中包括身高、心理能力、阅读能力、握着力等等影响，由个别儿童的成熟程度达到生物年龄的平均值后，儿童就会产生超出他们实际年龄的许多方面的成熟程度征象。

上述可见，对儿童年龄含义的理解，其实是一个涉及儿童生理、心理、社会环境以及儿童审美态度的综合理解。而一个真正适意于儿童文学创作的成人作家，眼中笔下有相应接受能力的儿童读者显然是一种最必要的自我控制。

批评"儿童水平"标准的追求，是针对儿童审美功能规律的理解，其实更是对儿童"年龄"含义的深究。

我认为有一个值得儿童文学作家做出重大自控把握的问题——如何准确把握儿童接受能力的"最近发展区域"。

这涉及对儿童认知力和悟性的阶段理解，既应有开发与发展的现代意识，又要避免作一厢情愿的过高估计——这具体体现在"儿童文学"与"少年文学、"少年文学"与"成人文学"之间在程度和性质把握上是否失控。

"最近发展区域"带有"场"的概念，可看成是儿童（年龄）实体之外的外层精神磁场，在适当距离能引发起强烈扰动，过度脱离则对其丧失影响力。

这种区域把握还带有拓扑的意味。

我以为"儿童文学"和"少年文学"都存在着适度的扩展区域，尤以交汇区域为最佳。然而，一旦完全超越了临界，就属于另一种形态，也与本身难有相关性了。

适度的"超前"，对调整儿童原有结构并建立新结构极富发展的意义，而且，它本身就是儿童的一种自发的建构活动。皮亚杰认为："我把智力解释为是全部认知功能所趋向达到的平衡的一种形式。""我将平衡原则上解释为是对于一个外界干扰的一种补偿。如果存在外界的干扰，主体就通过一种活动来完成补偿，所以最大的平衡就是活动的最大值，而不是一种静止状态。"

儿童不但在认知规律上存在着，而且还在生理机制基础上拥有着这样的可能。现代研究成果表明：儿童至六岁脑重量达到成人的百分之九十；八岁左右，儿童的皮质细胞分化已与成年人无大区别；八岁到十四岁时，脑电图已与成年人相似。布鲁纳认为，个人的智力发展若与他十七岁达到的智力水平（算作百分之一百）相比，四岁时就达到了百分之五十，四至八岁又获得百分之三十，其余的百分之二十是在八岁到十七岁获得的。此外，在神经系统方面，从两种信号系统的发展来看，到了少年期开始从第一信号系统占优势很快转到第二信号系统占主导地位，所以抽象逻辑思维能力有了很大提高。神经系统的成熟对智力的发展起了决定性作用。

在对儿童能力的可能性作现代开发与发展的同时，也应对儿童审美机制条件因素的复杂性以必要认识——我认为，这主要关系到儿童的生理器官转变为文化器官功能的美感发展问题，也关系到儿童情感发展的社会化进程。社会环境的因素在这里十分突出地呈现出来。

我们在此讨论的自控，便意指这点。

中国当代儿童文学中青年作家的创作情绪趋向

中国当代儿童文学的变化带有某种突然性。

新的作品，是在几乎没有评论存在的情况下悄然发展的，这与当代成人文学的状况形成了鲜明的对照。一大批于"文化大革命"之后怀着深远意图走向儿童文学的中青年作者，也大都带着各自的孤寂，默默地磨砺着自己的艺术之笔。

他们在"文化大革命"之后带着略有忧虑的眼光走向了中国的孩子。他们之中不少人是存在于农村与城市之间、乡村与大学之间的复合文化人物，印着有别于纯粹学校教育工作的社会履历，而且处在封闭与开放的时代交会点上。所以他们似乎不太同于20世纪五六十年代的儿童文学工作者,也不太同于更早的三四十年代的前辈,而从心态上更靠近"五四"时期的那代先驱者,带着特有的拯救感介入儿童文学事业。

"文化大革命"刚结束的年代,他们也曾十分激动地一度聚集在童心的精神世界里,写小船流淌在纯洁透明的氛围里,写乡村女教师温馨婉约的母爱情怀,感慨暴风雨中的幼小生命,哀叹相濡以沫的姐弟生涯……这与"伤痕文学"的时期基本上是同步的。

随着中国社会继而发展起来的深刻反思,随着文学创作的自我的觉醒,他们也与文学主流一起力奉现实主义的批判精神,直面中国少年儿童的生存环境和现实人生,儿童文学第一次突破了甜与纯净的虚假光环,笔下开始出现了自我意识惊骇于世的儿童性格(如刘健屏),出现了撞击生活的残破强者(如曹文轩),出现了悲壮人生的倔强死亡(如常新港),出现了充满力度的狼和充满美感的鲨鱼(如金逸铭)。与此同时,他们的文学精神得以自由发散,释放出了少年儿童的内心想象和内在情怀,以狂野的文学游戏倾倒了一代儿童(如郑渊洁),以幽深的意象替儿童文学添加上高级性质(如冰波),海派气息也以特殊的聪明迷惑了儿童文学界(如周锐、彭懿、朱效文),女中学生的心态开始吐露(如陈丹燕)。

他们的这一进程在继续发展中。

这一批来路不同、去向不定的儿童文学探索者,他们还构不成一个艺术群体,也远没有形成有整体性追求的文学流派,甚至相互间在见解上还甚有抵牾;但是,重要的意义是他们在参与儿童文学的创作情绪上,却怀有一种相当一致的共同语言,都对传统儿童文学的艺术水平不满。

　　他们悄然在各地刊物上各自闪烁，在某一时刻却突然令人感到了一种已经存在着的文学变迁，感到了一种明显的美学进程正在深刻发生之中。中国当代儿童文学的面貌已有了明显的变化。

　　他们之中的一些人由此又走上了一条探寻儿童文学审美本性的道路。

　　不再满足于题材的开放和主题的见解，他们开始表现出对儿童文学艺术本体的极大关注，意欲探究儿童文学审美功能的潜在可能，追求儿童美学独特范畴的审美价值，并试图参与儿童读者审美心理的建构——这一切，在于探索精神指向了儿童文学这一体裁的艺术"容器"问题，因而，一种文学气暂时强于其他的注意。

　　这引起了儿童文学界的更大不安。

　　也许只有直达他们的艺术追求目标，直达他们对儿童文学艺术体裁的功能理解，才能准确地对其表现有所认识。

　　这一定与他们为什么走向儿童文学有关。

　　儿童文学这一片文学场，对许多人来说是初试身手之地，即以他们来看，其中不少人小露锋芒已大见才气，如果日后有人走向了成人文学实属正常，只从这里经过，留下几个令"小人国"不无惊奇的脚印。另有一些人会长久留恋驻足，他们怀有本性适宜的喜好，对人生中的童年和少年时代颇为看重，不能不说他们的"自我"中仍有朝向这方面的宣泄需要，他们的去留完全取决于随着年岁的增长是否对此还有话要说。再有一批人，他们是怀着长远之谋，带着某种对自己文学追求的设计，宿命般地走向儿童文学，甚至可以说，驱使着他们的内在动力是对这一种"文体"的根本兴趣——一切针对文学性的心态，都会浮现对应的文体的艺术感觉，也许他们就真正感到了自己的心境寄托只有"儿童文学"才能契合。安徒生显然正是从这一点上走向了童话文体。

文体之路，能真正从根本上去走向对儿童文学艺术体裁的本体性探究，实现属于我们自己的儿童文学的美学价值。而他们对这一问题的过分关注，则是来源于中国儿童文学在历史发展中表现出的文学性过分苍白这一状况。这种关注的热忱，暂时盖过了其他考虑，文学性的追求尤为突出。其实，这正对应着从当代开拓儿童读者"接受"上的潜在功能与可能性。这是许多人所未能公正看出的。

可以说，凡是甘愿在儿童文学刊物上发表作品的作者，都会考虑儿童读者的接受问题，只是对其构想与判断各有不同。似有必要考察一下当代中青年作家在这一问题上的态度和观念，从中比较可以看出谁对儿童读者的文学阅读功能和接受机制与能力做了更深沉的思考和更艰辛的努力。

有四种较典型的类型。

其一，是提高了对当代少年儿童文学阅读水平的评价，对20世纪80年代孩子的接受能力持增长的评估。这是他们最希望发生的现实。

其二，认为目前的状况基本是偏低状态的（但认为儿童本身是拥有潜能的），他们相当不满地直接指出这种低下审美水准的来由正是过去追求"儿童水平"的儿童文学所形成的，所以，他们积极追求文学启蒙，明确地具有训练的意图与开发的意图，主动去召唤出儿童读者可达到的较高审美能力，甚至清醒地表现出"超前"的意识。显然，问题的复杂和难度也就在分寸把握之上，在"儿童文学"与"少年文学"、"少年文学"与"成人文学"的临界把握之上。

其三，觉得儿童文学某些作品可以明确提出就是为少年儿童读者中一部分层次高的人而写，就是为几亿人中的几万个人所写，能对这些高品位的文学少年发生影响就是极大收效。

其四，相当看轻儿童读者，不认为儿童文学有必要追求高层次的审美价值，而认为儿童文学就是开心消遣，甚至有可"耍弄"小读者的意识。也有一批自信于此的作者。

我认为第二种态度和观念无疑更认真，也更艰辛，但充满着现代儿童文学意识的发展意义。迈出了以提高儿童文学艺术性为第一步的作家是主动的，他们如期迎来了"接受"问题的挑战，这是一个合理的结局。

中国当代儿童文学已走过了文化断裂期之后的震荡，它将在一个过渡期之中，由目标与自控，导向对现代儿童文学艺术的美学意味之求。

第四章 现代儿童文学艺术的美学意味

我们已在第二章中探讨了关于儿童读者的精神投向问题，在第三章中探讨了关于儿童文学成人作者的精神投向问题，并阐述了两者之间存在着的"互锲"的对应关系——一种审美双向结构。而这一成人作者与儿童读者的双向审美投向，则是共同通过儿童文学作品的"中介"才得以实现的。这一章要探讨的，便是儿童文学作品作为一种中介载体，在双向审美投向的交叉之中展示出来的儿童美学精神。

及此，也就构成了儿童文学创作与接受活动的整体结构形态：

$$\boxed{\text{儿童读者} \longleftarrow \text{儿童文学作品} \longleftarrow \text{成人作者}}$$

"儿童文学"也如一切文学活动一样，包括两个基本过程：作品的创作过程（从作者到作品），作品的接受过程（从作品到读者）。最好的作品应是作者和读者的相关精神投射的中介。而在创作过程与接受过程之外，实际上还存在着一个读者对作品反应，从而对作者产生反馈效应的宏观过程——这才是一个整体的文学形态。

我以为，在儿童文学对"接受"的理解之中，出现一种将作品完全只归属于儿童读者一方的倾向，造成的结果便是作品的儿童水平。而我在这里想要指出的是，应将儿童文学作品（它所能含有的艺术性与美学意味）看作一种不单只是承受儿童读者的需要，同时也应能负载成人作者的需要，两者的需要又是双向对应关系——这样作品的艺术性，是两者之间互锲功能需要的中介。这样的儿童文学作品的美学味，体现出的是儿童美学意义下的艺术水平，"接受"问题已不应是一种对"创作"问题的制约，成人作者的"自我"也不可能成为一种与儿童读者无关的"接受"。

阐述儿童文学作品的中介功能，是要透视出它所深含的独特的儿童美学味。

所谓独特的美学味，当然指的是不同于成人文学的艺术表现。无疑，儿童文学首先是一种文学（可笑的是我们还时常要来为此正名，以区别于"首先是一种教育"的论调），一般文学性的要求对它来说也同样是追求与标准。在这里我们不想再探讨诸如情节、人物形象、悬念性等从事文学创作所本应必备的起码素质（可悲的是我们在探讨儿童"接受"问题之时却还时常仅限于这类范围）。我们想探讨和召唤出的是"儿童文学"这一艺术体裁所独具的作品意蕴，甚至也许是成人文学所无法拥有的艺术趣味。

我认为，儿童文学作品的艺术水平经历了三个重大的发展阶段：第一次是以安徒生童话为标志的阶段，达到了浪漫主义的巅峰水平状态；第二次是儿童心理学兴起之后的发展，致力于对儿童及其地位作深刻理解的社会学倾向的文学表述。第三次则是预期中的在儿童美学和美育研究的观照下，开始有意识地参与对儿童心灵审美的建构。它将随着儿童审美发生论的成熟而进展。

这一章将做的，是试图从成人作者与儿童读者双向交叉的精神视角的共同焦点之上，通过作品的中介功能，梳理儿童美学的艺术性，并以此作为加入儿童文学第三次发展的初步探讨。

对它的精要把握，我认为正是——游戏精神。

游戏精神是儿童美学现象的深层基础，也是可以充分体现儿童文学审美双向结构由交叉所形成的美学内容。它所指的已不是外在的儿童游戏，而是内涵的美学（活动）精神——

（1）它的"玩"的表现形式，是儿童和成人都乐于接受的形式，是把成人和社会的传递内容同儿童的审美特点最巧妙也最有效地融合一体的做法。

（2）它通过"模仿"的意义，实现了儿童的精神投射，也完成了社会的期待。

（3）它的"儿童反儿童化"的倾向，正应了成人及社会希望通过审美来促使儿童心理成熟的企求。

（4）它的儿童前审美的功能，即"学习大于欣赏"的目的，也正合于成人社会对儿童期"能力"的思考。双方在"未来实践"上沟通起来。

（5）它突出了身体的意义和操作的意义，沟通起了暗示性、感知型的儿童审美方式，成人的文学传递效应正是通过调动非特定心理的潜移默化去达到的。

这些游戏精神都是在前述中已涉及的，我认为它们也正是儿童文学作品美学意味之所在。

"顽童"形象的意义

优秀的儿童小说简直是一种写"成熟"的文学。

充满活力气息又深有厚重之感的儿童文学题旨，也似乎往往都体现出一个共同的特征：由顽童走向成熟。

一个永恒的主题：成熟

盖达尔的《学校》中，鲍里斯在战争的过程中由顽童成熟起来。《小兵张嘎》和《小马倌和大皮靴叔叔》中，孩子们在游击队的活动过程中由顽童成熟起来。《哈克贝利·费恩历险记》，哈克贝利在漂流密西西比河的过程中由顽童成熟起来。《微山湖上》中，三个孩子在进湖放牛的过程中由顽童成熟起来。《麦田里的守望者》中，霍尔顿在游荡纽约的日子里由顽童成熟起来。《以革命的名义》中，彼嘉和瓦夏在遇见列宁的数日里由顽童成熟起来。《最后的一课》中，那个法国男孩甚至在一堂课中由顽童大大地成熟起来……

所谓成长（自然的成长），还并不一定就是"成熟"。成熟是嬉戏的心理与社会行为一次次发生了身心震撼的冲撞；是天性的冲动在社会法则的铁腕中一次次发生了突然的变化；是一次次抛弃掉童年的一些东西，抛弃掉幼稚、软弱无能、儿童（中心主义的）尺度，抛弃掉儿童群内的交往规则。

孩子的命运，是必然抛弃他们的孩子形象。

但我们的有些作品趣味，写的往往不是"抛弃"，而是"拾取"，是留恋和欣赏童年。

错将冰心的一些温柔的、抒情的、有极高意境的母爱精神当作儿童文学的精神，也许会导致儿童文学作品题旨的女性化。母爱精神与游戏精神的相异，是在于美学味的取向，是在于有无儿童美学的审美基础。

不想做孩子的孩子

我们很久以来似乎已失去了那种"顽童"的气息：失去了三毛，失去了嘎子，失去了哈克贝利·费恩，失去了鬼机灵的女孩阿丽思和那个了不得的长袜子皮皮，及至孙悟空、唐老鸭……

"玩"就是"玩"。

顽者非劣，而正是儿童的游戏精神所在。

中国的封建传统意识从不允许儿童在玩之中为所欲为，我们的儿童文学随之也缺少让儿童人物形象在文学中能痛痛快快地"玩"的精神。这种"玩"的深层精神含义，既有着儿童过剩的生命力，也有着儿童对社会未来实践的探试，是一种儿童的心理能量的发散形式。因而凡在这些成功可信的儿童人物形象身上，都总透露出一种野气，都体现出一股嘎劲，都表现出一种"不想做孩子的孩子"的顽童行为。他们很难成为所谓的正面人物，他们常动不息，花样百出，屡屡闯祸，却又自鸣得意，犹如一头稚相又莽撞的牛犊，活力和无知融于一身。

心理能量与能力的反差冲突，正是顽童的行为内因。他们永远是"不规矩行为"的制造者，许多的不规矩行为是他们试图掌握社会规矩的结果。对顽童仅作胡闹或恶作剧的文学理解是一种表层，深层理解仍要关联到"能力"的儿童审美心理动力问题，他们的"人小心大""力不从心"的冲突，他们的"儿童反儿童化"的自悖形态，带来了为所欲为与吃苦头的可爱局面，带来了尝试与受制的滑稽结果，带来了一本正经与一塌糊涂的儿童趣味——不想做孩子的孩子，散发出一种不安分的气息。

这样的顽童，常常为正统教育观念所不容——它要的是成人认定下的"像孩子的孩子"。这种不容，已经在文学史上多次表现出来，诸如《哈克贝利·费恩历险记》《麦田里的守望者》《长袜子皮皮》等名著，都曾以顽童题旨而遭诋毁。《哈克贝利·费恩历险记》一书最初竟只在英国才得出版，书名正叫《顽童历险记》，文学的趣味却认定了它，T.S.艾略特高度评价这一顽童人物形象，海明威将此书奉为自己创作的所有来源，当代美国作家梅勒深情地把顽童的价值比之于同时代共遭攻击的《安娜·卡列尼娜》《白鲸》这样所谓的"邪书"巨著。

这样的顽童，无疑可为现代教育观念所欣赏，也深为儿童美学所褒扬。因为它体现的正是一种"走向成熟"的题旨，含有"发展"的功能，从儿童文学审美双向结构来看，它又承载了一个儿童和成人所共同的关注——"自我发现"的意识能力。

顽童式的儿童人物行为，在上述种种优秀儿童文学作品中的真正意义，是在其经历、过程中完成一种心理转换的调整。儿童在探试、参与和挫折的社会化进程中，原来的儿童态度和心理结构才会受到挑战，才会得到最大的学习。儿童学得的最重要的东西也许并不是知识，而首先是一种"自我发现"的意识能力——就像印第安儿童在成年仪式的磨难中，懂得了他的生存同玉米的关系；就像那个法国男孩在最后一堂法文课上，懂得了他同祖国的关系；就像小兵张嘎从为所欲为向成为一名战士的心理转换过程中，懂得了他同游击队队伍的关系。

儿童自我意识中的"哥白尼式革命"

"自我发现"就是儿童逐渐摆脱以自己为中心看世界的态度，以种种行为代价（可笑的、痛苦的），获得能够用别人的观点来看事物、从别人的角度来看自己这一能力，从而领悟到自己在社会整体中所处的位置。

这种一次次心理转换实现的"自我发现"，对促使儿童的成熟意义重大。皮亚杰以儿童获得"可逆性"思维来说明这一成熟现象，即能够随意地从一个视点移向另一个视点（包括能够返移回主体）。这一意义在于儿童获得了"客观性"意识，同时，主体的意识也加入这个认识中。也就是说，儿童获得的是一种"参照"的意识，是一种"位置"的意识，他开始一次次地获知，这个世界的一切不是专为他而生的，他也不是这世界一切的中心——这便是"成熟"的意义。自我从客体中分化出来，不再是妄知一切和为所欲为的一片混沌，这反而促使儿童获得了真正的"自我发现"。

皮亚杰将儿童的这种非中心化的意义，称之为"哥白尼式的革命"。

这一次次自我的发现，实际是儿童原有的（图式）结构的一次次破裂，并走向一次次新的建构；也是一种从平衡态走向非平衡态，从而在激动的、活跃的、混合的所谓"远离平衡状态"之下，产生一个新的有序结构。皮亚杰在20世纪60年代初将这种过程表述为"建构"的思想，普利高津在1969年则提出了"耗散结构"的理论。

我认为从儿童审美发生的角度来看，促成儿童的"心理转换"，正是为了达到这种自我发现的建构。人类的全部历史就是人的"生成"。这是一个人的主体认识不断客观化与社会化的进程。儿童文学的一大题旨，也正在于力求促使儿童状态不断发生认识上的裂变，实现心理转换。它的技巧和把握是要给予适当的刺激，即理解儿童精神生活中紧张度、趋变度的"远离平衡状态"（一种新变化之前的临界），这一文学性刺激，就是在儿童现存精神状态下表现为不平衡，但经过调节努力便可能被同化、纳入的那种程度和适度的刺激。这是一个"符号-响应"的机制，是对儿童"最近发展区"的超前信息量，是一种引起内部重组和建构的创造性接受活动——具体则可以这样说，"儿童反儿童化"正是一种远离平衡的精神趋变状态；"不想做孩子的孩子"正是一种原有结构的破裂；作品中"未来实践"的双向投射内容正是一种适度的刺激（这将在下面进行阐述），而"心理转换"的实现则是一种建构；走向"成熟"一步的这一次"自我发现"便是达到一种儿童精神状态新的平衡；这种平衡态到非平衡态再到平衡态的建构活动将是一个历时性的连续。

我们的作品要召唤出孩子的这种不安分和精神紊变。

现代记忆研究认为，人对自己童年最早的意识性记忆，往往便是"自我"生成的时期。儿童的自我发现越早，也就越有利于走向成熟。这本是儿童对未来、成人对儿童的共同期待，这种"自我发现"从审美发生的角度进入到文学之中，成为儿童文学双向结构所交叉显示出来的一个重要美学内容——双方对"成熟"的共同追求。

"叔叔"型人物的功能分析

从古今中外真正为儿童所喜爱的文学作品中，可以发现这样一个十分显著的现象——就是"叔叔"型的一系列成年人物形象对儿童有着巨大的吸引力，对儿童的影响几乎是决定性的。

可以开出很长一份这种"叔叔"的名单——

中国的武松、鲁智深等水浒众好汉，关羽、张飞、诸葛亮等三国英雄，秦琼，罗成，众侠客，众法师，孙悟空，济公，铁道游击队，杨子荣，敌后武工队……；外国的鲁滨孙，罗宾汉，佐罗，福尔摩斯，牛虻，超人，西部牛仔，姿三四郎，以及数不清的众枪手，探长，警长，海盗，船长和宇宙飞船指令长……总之，一到中高年级的儿童读者层上，立刻就出现了蔚为壮观的"叔叔"人物群。

这种显见的现象理应受到儿童文学工作者的关注与探究。

在低幼儿童文学作品里面，更多出现的往往是老爷爷、老婆婆，或白眉圣诞老人，或童颜鹤发老神仙，这也许与祖孙隔代相亲的原理有关，也许与长者易持"第二儿童期"的浅近态度有关。但儿童到中高年级时所普遍出现的这种对"叔叔"型人物的文学崇拜，我认为十分明显地是与追求"能力"这一审美心理动力特征密切相关，并且，正是游戏精神在文学上的投射。

儿童正是通过文学在扮演这些"角色"。

我认为，这种"叔叔"型的未来角色是儿童文学双向结构交叉显示出的又一个重要美学内容——儿童通过注视文学中的这类成年人物，寄托其自我投射；社会与作家通过塑造文学中这类成年人物，期望儿童的自我发现。这正是一种双方关注的"角色"。

　　研究此种角色在作品中的中介功能，分析它所能给予儿童审美心理建构的适度刺激内容，则是探寻儿童文学写"成熟"题旨的又一个切入点。

　　需要透视出"叔叔"型人物文学表述层面下的审美功能，以使我们更有意识地从儿童文学的角度去为儿童读者提供这种"角色"。我认为有必要强调出这一点——这种有意识的角色提供，应更多地建立在儿童美学的内容范畴内，而不是仅从读物外部现象出发，将儿童文学的审美意味完全纳入通俗文学的道路。对此，我们要确立自己的出发点和美学意味。

　　我认为，"叔叔"型人物对儿童文学来说，具有三方面的审美双向功能——儿童心理能量与儿童能力反差的精神补偿，社会经验的预习性学习，操作与技能。

儿童心理能量与儿童能力反差的精神补偿

　　儿童对这类成年人物的喜好和崇拜，其倾向性非常突出，那就是对"强者"和"智者"的格外倾心向往。这两种倾向正是儿童追求能力的精神补偿，是他们心理能量的投射，也都是游戏精神的扮演行为。

　　儿童着迷于"强者"，更多的是与身体能力有关，这无疑同暴力行为紧密地结合在一起。对儿童来说，暴力行为往往是他们心中的正义感、惩罚性、是非感等等平日压抑心理的释放途径，因而它的性质与其说是暴力还不如说是能量。儿童还可以从身体能力进入到意志、威慑、权力等精神内容方面。儿童仍追求着大动物的气息，仍崇拜英雄，这是人类"力"的冲动。以成人和社会来说，赋予儿童"力"的张扬，几如一种关注下一代生存与适应的本能，这种精神视向投射到儿童文学之上，则与那些当代文学中非英雄化的趣味是相逆的。所以，对强者和暴力作如是观，对儿童读者的意义似更在能量的宣扬和能力的肯定上，而不是在于对凶杀、肆虐、残暴的行为本身的兴趣。

我又以为，儿童美学及此还可以阐发出更适合自己的另一追求，那就是从能量和能力的功能出发，将儿童对身体能力和暴力冲动的需要转引到"体育精神"上去，这是一片未曾大开发的强者活动的文学领域。它完全有理由通过迷人的现代体育竞争精神走向儿童的心中，儿童所崇拜的"叔叔"本就含有这些更具现实感和魅力的球星、赛车手、飞人、拳王等人物；现代体育精神的扩展，已不再仅仅是纯体育观念的人际能力的比赛，也开始发展成为一种人对自然、人对自己的能力和精神的挑战活动，带来了新的冒险、征服、击败的意味，在一系列这类体育精神活动的大规模场面和严酷条件、激烈程度、超人耐受力等等之上，可说是当代人类强者能力的最高体现——问题在于，它的价值不在儿童文学作表面的题材扩展，而在于要从能量的"力"的功能上，去进入儿童读者的精神需要之中。

儿童另一着迷处是"智者"。诸如鲁滨孙、诸葛亮、阿凡提，以及一切侦探、警长和间谍等等，都为儿童读者倾心仰慕，也正在于与"能力"有关。智能，是除身体能力之外的儿童对大脑能力的又一重要追求，他们对成年人物的兴趣也极多地寄托在此。而这种智者对儿童的吸引，这种智能对儿童的魅力，其表现又同样深具"力"的能量感，这种儿童心理需要的渴求形式就是：斗智。

智力的交锋，才是儿童对这类"叔叔"型人物的特有兴趣所在，其深层功能是一种脑力的竞技。所以儿童读者更为关注的往往是人物智能受到某种挑战的局面和情境，更喜爱对答、破谜、设计、走出迷宫，以及一物降一物的智力表现方式，而不一定在智慧（知识）本身。在儿童对"法师"和"计"的永恒兴趣中，深藏着一种超越智慧本身的斗智快感，他们还会在对过程和结局的期待中，享受到看见对手上当、狼狈、低能的心理快乐，而这正与儿童的心理能量同能力之间的反差性有关，他们所需要的这种精神胜利，则是他们常在现实中智力不逮的补偿。

这种对智能人物的需要，只有成人才能给予儿童。这类在儿童美学观照下的智能故事，是极可开拓的一种儿童文学形式，它的基点不应是智性（也不是一般意义的科学小说），而在于脑力竞技的心理快感。这才是儿童审美意义的追求。

作为一个立体的文学人物，"叔叔"型人物在其文学表现和审美功能上，不能仅作单面的划一，如在以身体力量和脑力竞技为特征的强者智者人物身上，实际上又交叉有社会经验和操作技能的功能因素。

社会经验的预习性学习

儿童对生活中的"叔叔"表现出特别的兴趣，显然是针对一种比之长者更为入世、更为现实的社会经验而来的；他们要的还不是那种人生总体把握下的哲理启示，还不是那种对社会变迁的悠然感谓，而迫切追求的是介入感，是由具体经历、具体行为方式、具体交往规则以及具体处理方法所组成的实际经验。那么，文学中的"叔叔"型人物，无疑便能从这方面给予他们更广阔的精神投射面。

我以为，从儿童读者的这一种审美功能需要来进行认识，可以使我们把握到儿童文学在社会性题材的创作中，更有内在意义也更切合儿童心理需求的题旨并非在于社会"问题"的揭示，也并非在于社会"众相"的描绘，而在于通过人物的经历性行动和经验性方式，向儿童提供一种预习性学习——它的题旨是：具体能力。

犹如儿童游戏中所透露出来的那样，他们在扮演医生时关注的并不是医学或医德等方面的内容，而是一套有关看病的问答、动作和打针配药的具体程序；他们在扮演打仗时关注的并不是战争与和平的内容，而是一套有关军衔排比、进攻与防守、俘虏交换的具体规则。我们又可以看到，少年儿童在看完一场电影之后所津津乐道地复述议论的内容，往往并不是它的主题含义或人物性格，而是打进匪巢的一套暗语和仪式过程，外交场合中先发制人或后发制人的一套进退策略，等等这类的东西。许多少年在一些盛大场面中常常不去注意那些成人以为是重要的气氛或大人物的出现，而竟去数清有多少辆摩托车和仪仗的序列，去记牢特别的钢盔颜色和某人持步话机的地位——这些并不是少年儿童的愚昧不化，而正是他们的关注与用心指向经验性的细节。

儿童读者也注视着"叔叔"型人物的细节。

具体的行为细节对儿童来说，富有极重要的魅力，是他们渴望掌握的社会经验的种种方式和规则。他们是从外部模仿起的。同时，人物行为的方式和规则细节也确实凝聚着社会行动的法则内容。

我认为儿童文学正可以在这里通过种种成年人物的塑造，通过成人行为的经验性细节，走向几乎无处不可涉及的广阔社会，触向一个奥秘无穷的人生。有几个明显重大的专题等待着我们去触及——比如"交往"，是现代少年儿童极为关注的一大视向，他们渴望成年和把握社会经验的一条途径正是预习种种交往方式、交往规则；比如"职业"，对儿童走向未来的选择来说，这世界上五花八门的职业都在他们面前露出朦胧的诱色，他们无疑感兴趣于各类专职人物的行为经验和特殊生活方式；比如"突发事件的处理"，是儿童给予高度注意的能力预习，处置方式和应付方法，是精彩又实用的无数题材……

一种阅历故事，将是成人儿童文学作家乐于也善于作出优秀传递的文学形态。

操作与技能

在少年儿童对"叔叔"型人物趋之若鹜的兴趣中，我以为还隐藏有一个独具儿童美学功能的内容，那就是他们的操作性思维在那些成年人物的器物性运用之上得到了极大的满足。

从儿童前审美意义的操作性思维，来观照他们所着迷的"叔叔"，可见这一特殊功能——这些人物一般都与器械性操作有联系。十八般兵器，关羽的青龙偃月大刀、孙悟空的金箍棒、神弹子某某、双锤，等等；法器之斗，阿拉伯魔瓶、手套式无声手枪、科幻式器械……都透露出一种"械斗"的兴趣。还有一种对器物的兴趣是指向"乘具"，古如追风赤兔马、三桅海盗船、神行七里靴等，今如飞行器、军舰、警匪追逐的汽车，甚至飞碟……另外，又有一种摆弄"阵势"的兴趣，如对垒布阵、诸葛亮的八卦阵、种种兵法、飞行编队、舰队组成，直至现代立体战争的设局……即使在日常生活中，少年儿童对"叔叔"的兴趣也有很大一部分是投射在器具与操作之上，如打火机、望远镜、摩托车、头盔，等等；他们注视着"八大金刚"时，也许并不是欣赏人物的形态或身世，而是着眼于人物各自手上所托之物；他们自发订阅的刊物中多有《兵器知识》《航空知识》和《舰船知识》之类……

儿童审美的这种操作性兴趣，十分明显地与游戏和玩具有着深深的潜在沟通。如果对玩具作一系统考察，正可看出其间的成人器具性和操作化的性质；玩具、器具的摆弄、操作走向了文学投射的操作性思维，这一功能线索的演化也显而易见。

这启示着我们可去挖掘"叔叔"型人物所附着的操作与技能的魅力，透露出一种游戏精神的别致与难度。它应该超越一般通俗文学的追求，而富有一种有助于促使儿童走向成熟的操作性思维导引，借用这一审美功能，使之成为"工具性"中介。人的任何器官性操作，其实都是更深沉地作用于头脑中的思维操作；任何器具其实又都是人的器官的延伸；而人的器官则又是人类审美运动觉的通道；这尤其深深关联着童年的身体与情感的发生学问题。

"叔叔"型人物的功能分析，作如上的几点探讨，似带有较浓重的男孩色彩。然而，我却是这样认为：以纯粹的儿童文学特性而论，一种活力的运动性质，无疑是超越了男孩、女孩性别的更普遍的儿童审美倾向。

但女孩仍有自己的走向成熟的文学投射审美方式。

女孩与少女的文学审美走向[①]

儿童文学较易受到性别倾向控制的现象，曾经一度在历史上十分明显，这主要与成人创作者的成分和态度有关，并几乎与教育界的情景同源。从中国来看，长期传统所承袭的便是一种女性化风格，是一种母爱与教化的阴柔精神。我认为这极大地偏差于真正的儿童精神。儿童的游戏精神及其活力的运动性质，同样也不应该仅仅只是男孩化风格的偏差，它应该是一种对"儿童"审美本质的客观观照。作为成人创作者，性别并不就决定气质；女性，也并不就是阴柔的代名词。柯岩、阿·林格伦和诗琳通公主等女作家恰恰更痛快地表现出了儿童的狂野想象和超乎寻常的顽童相。

女性身份意识

探讨男孩、女孩的性别身份区别，以及认识他们在对儿童文学作品的接受与审美建构之上的某些特异性，意义在于把握男女"儿童"在身体与情感关系上的一般性相同和阶段性不同的具体表现，而不是强化儿童文学的性别倾向，也并是导引儿童文学中划分出"女性文学"（或"女孩文学"）的意识——我们强调儿童文学的"儿童"基质，强调儿童心理结构的发生与发展的"成熟"趋同性；与

[①] 本节是同韦伶共同交流探讨的产物。

此同时，值得分析女孩在对儿童文学作品的欣赏和审美心理上同男孩存在着的阶段差异性，以及女孩在走向少女之后（针对儿童文学的适性）所发生的某种审美含混倾向。

由此，我们认为女孩的文学审美与心理建构的走向有如下的阶段特征——一般儿童心理阶段，装饰性审美阶段，"童话后"阶段，自恋性少女阶段。

一般儿童心理之属

在儿童文学的概念和范围之中，可说相当大的一部分是十分淡化性别之分的，也并不过分着意于读物和接受机制上的差异，这显然是基于男女儿童在身体和情感的前审美心理发展的相似结构。他们都怀有"儿童反儿童化"的心理倾向，一样追求成熟，也都是一种建立在动作基础上的身体操作的审美思维。这在前述中都已涉及。

正是这样的儿童基本结构，可以把握儿童文学特性的基本性质，对女孩和男孩首先作这种同属一般儿童心理的把握，是从总体精神上把握儿童游戏精神的认识。许多诸如女孩更敏感、更动情或者更爱笑、更爱哭等现象，其实并非什么本质差异，不过都仍属于一般儿童心理的表现。它们构不成真正别样的审美心理结构。

西蒙·波伏娃指出："直到十二岁左右，一个小女孩同她的兄弟同样强壮，智力也相同，在任何方面，她都能和他们匹敌。"大多数的儿童文学作品确实正是同样地吸引着女孩和男孩，从米老鼠与唐老鸭到孙悟空，从《长袜子皮皮》到《皮皮鲁外传》，从《黑猫警长》到海盗故事，从历险记到评话《武松》，一般都为他们所共同热衷。女孩的特殊处在于：她多少开始意识到一些关于自身能力的欠缺感，这欠缺感指向她自己的女性身份，明白自己是追随男孩——这对女孩来说，产生出一种针对男孩活力的自身审美"补偿"需要。这是得意而外向的男孩所不具备的一种精神内向性。

但一般儿童心理的基本大势趋向，仍贯穿着女孩对儿童文学的精神追求，同样是一种渴望成熟的心理投射，同样是一种角色扮演，只是又融进了女性身份的意识内化，因而在投射内容上有了自己的变化。

装饰性审美阶段

女孩对女性身份的意识，暂时还只是针对不及男孩活力的欠缺感，而达不到一种"性角色"，因而在生理上青春发育期到来之前很长一段时期，女孩还不会针对性别产生出心理的冲突，而只是一种想要超越欠缺的心理补偿。

追求装饰性，似为这种审美心理补偿。

从儿童的游戏精神中即能看到女孩的这一特征，她们虽然也常常同男孩一起玩一类的游戏活动，但也同时发展起了为男孩所不及的自己的内容；男孩的身体能力使他们作向外行动的发散，女孩在行动活力的欠缺下走向了对自己"身体"的打扮，并从这一游戏乐趣中获得了角色扮演的精神投射。她们把指甲和嘴唇涂得血红，搜寻一切可作宝石珠链之物，她们需要花枝与彩带的围绕，无尽的涉及脸、手指、脖颈、步态和身姿的动作，是装饰性的身体操作扮演。从中，可分出女孩的两种倾向：一种是正统形态的纯美，扮演着仙女、公主、古装仕女，等等；另一种是野性形态的妖艳，扮演着魔女、狐精、女间谍，等等。凡此种种，应该说这种装饰性的身体扮演在女孩游戏中渐成内在需要的突出表现了——这正是她们追求补偿的审美投射。

女孩的装饰性审美，在充满臆想的性质中，追求着非现实的特殊之美，这美远远地高于自己，甚至是女人一生中都永远达不到的美丽状态，而这便是装饰性审美的心理冲动，即超越女孩的欠缺状态，在身体的美化扮演中实现着女性身份的至高梦境。那些公主和狐精对女孩的吸引，首先是一种装饰美的优越感。

跳舞以及舞蹈性，也是这种装饰性审美的象征，它既是身体、化妆、服饰的共同加入，又是身心超现实的幻化和游戏，也是气氛、情景的参与。

女孩着迷于舞蹈或向往着舞蹈，是对美的极度装饰的渴求。

这时期对男孩来说，一个关键词是"有劲"；对女孩来说，便是"好看"。从中正透露了他们的审美趣味性质差异。

于是，女孩特别地倾心于优美、精美和纯美的童话作品，其心理动力就不仅仅只是好奇与狂想的驱使了。我们认为，装饰性审美态度在这里起着极大的作用。

装饰性所含有的形式美，在童话中充分地表现出来。那里有仙女、公主和狐精、魔女的女性梦境，有美丽的眼睛和拖地的长发，有艳丽的花草枝叶和如镜的蓝湖柔波，一切的故事都是为了女主人公的美丽而发生，所有的王子和勇士都在公主、美女跟前温顺（应该指出，此时尚无"性角色"的女孩从童话中获得的不是两性意识，而正是针对男孩活力而发的欠缺感的精神补偿）——这一切的魅力，美的极度装饰，正是女孩心理的对应物。

童话的审美功能，对女孩走向成熟具有重要的意义，这在于女孩比男孩更多了一层关于女性身份的意识内化，在她以后的"自我"发现中，在她的社会位置感和心理建构中，都将伴随着这一男孩所没有的内在复杂情绪。

"童话后"阶段

儿童进入中高年级这一时期，女孩的"成熟"已经早于男孩，这在智力的显现和童年态度的消退之上都有所表现，而且在心理内容上也提前发展到远比男孩复杂丰富的水平。男孩仍在正常地发散着他们的生命活力，仍在着迷于身体行动的向外扩展，他们开始丢弃已被认为幼稚的读物，正寻找着他们倾心崇拜的"叔叔"型人物的文学。这是一种正常又简单的延伸。

女孩虽然心理成熟有所超越男孩，却在文学阅读上显出失落，似没能寻找到正常发展的方向，这为女孩的情感结构所囿。

中高年级阶段，女孩一般开始脱离童话的纯美世界，明白装饰性的极度的美是不现实的，就像她们已经不再玩那种装扮美女的游戏一样，懂得了它的幼稚虚幻。男孩也不再玩那一套木头手枪和船长的游戏，而是在精神扮演中找到了"叔叔"型人物一类的文学投射。但女孩却未能如期（在阅读上）相遇属于她自身的文学人物投射对象，装饰性的审美心理不能获得延伸，它不但在日益现实的感觉世界中突然中断，并在所有的成人读物中也消失了。童话中那种纯美绝伦的女性身份竟在女孩的文学视野中不再出现——对女孩来说，这种"童话后"的情感投射的无对象空白，是一种经装饰美强化之后找不到更理想也更现实的女性文学人物寄托的失落；然而，她的女性身份的意识内化，又强烈地促使着她寻求精神的依托和平衡。这也许就悄悄地促成了女孩走向一种无可奈何的审美演变：她的成熟已使她不屑于再去寻求对照男孩而生欠缺感的补偿，而是转向去寻求现实感的王子型或勇士型的"成熟"男人。也就是表明，女孩开始从针对男孩的心理补偿，演变成了倾心于成熟男子的精神"依附感"。

这是女性身份意识作用于女孩审美心理的又一次发展，这是一次对同期男孩价值的超越，也是一次女性与男性竞争身份减弱的变化。

在这样的"童话后"阶段，女孩也在一定程度上对含有"叔叔"型人物的读物同样表现出兴趣；同时，更佳的选择便是这类成熟英俊的男主角再加上美丽女主角的浪漫故事，一种"等待"和"被救"的主题，是最可透露出这时期女孩在审美情感上倾心于成熟男性的依附性质。

在倾向上，女孩似也分为正统和野性的两种形态：前者表现为向往王子型的现实感男性人物，如侠客、贵族、超人，等等；后者常渴慕强盗、怪人、隐士，等等，如聂鲁达所言，"女孩子们把手扪在心上，梦想着海盗"。

这时期的男孩、女孩都有着审美上的白日梦倾向，但男孩的精神扮演往往更趋现实行为，而女孩却有着在现实感为主的故事里同时寄托浪漫思绪的特点，可以说女孩在"童话后"阶段更爱寻求的是一种现实感的浪漫主义。这无疑与女孩的装饰性审美无法得到延伸发展的两难局面有关系。

从中可以看到，女性身份意识是如何透过审美态度体现出中高年级阶段女孩的心理成熟过程，她们的"自我"发现和社会位置感，除具备一般儿童心理成长的内容之外，还拥有一层男孩所没有的性别意识，这使她们的"成熟"带有精神内向的性质。男孩也会有真正获得男性身份意识的时候，但那要远远滞后，因而在审美心理内容以及复杂层次上，至"童话后"阶段的女孩总是超前于男孩。

从功能上来看，可以说男孩是把文学阅读当作向未来扩展的望远镜，更纯粹是一种精神投射，而女孩却像把文学阅读当作对自己打量的镜子，更多的是一种精神观照。有如此种"揽镜"的（自恋性）含义，说明自女孩期就有的基本审美态度，她们更多地关切着自身，关切着自身与男性的联系，也开始有了自怜、自悯、自伤或者自得其乐的倾向（女孩确实常有对镜作情的行为）。

自恋性少女阶段

从"童话后"阶段女孩的审美现象和趣味来看，充满着一种渴望成熟和明朗投射的气息，所以仍属于儿童文学概念中的内容。它的女性身份意识的发展还没有进入"性角色"的阶段，渴望未来生活的无邪的精神投射仍大于揣摩现实的自我观照。然而，当女孩到了少女时期，发生了一次激烈的身心震荡，也使其在审美心理和女性身份意识对外界的态度上产生了一场极不安定的惶惑。这惶惑带来了一段去向不定和意义不明的时期。对儿童文学来说，"少女"的审美心理倾向是十分"含混"的，其间将同时掺杂有青少年稚情与开放的魅力和属于成人情绪的复杂内容。

对少女审美态度上的惶惑，我们认为仍要从女性身份意识的角度来认识。首先一个最大的震荡是来自少女青春发育期的生理变化，使"性角色"突然降临，不论她是嫌恶还是暗喜，都使少女对男性的意识以及她与男性的联系发生了深刻的质变。这质变的表面行为是拥有了对异性少年的秘密情感，但在深层却是一种失落情绪，因为此时尚未进入发育和发育未全的男孩可以说是半生不熟的不良形象，与少女内在审美心理之中的王子型的成熟男人相差甚远，这便带来了对浪漫文学的虚幻感和对现实人生的失望感相间的惶惑和烦恼。

与此同时，伴随着少女生理惶惑期的又一个震荡，是男孩开始进入获得男性身份意识的初发阶段，那些男孩虽然其貌不扬，呆头呆脑地不开窍，但却智力大开，社会角色感浓重，特别积极进取地评判着世界，在家庭、学校和社会的地位日渐突出。这都对少女的女性身份思考再次产生了挑战，少女在生理惶惑期的同时，又陷入了对社会的惶惑，这惶惑是自小的女性角色、规则、承担内容和含义的临近感。她们在进入社会的态度上，比之男孩存在着更大的不安、猜度和惶惑。

这与少女时期所出现的激烈震荡相加，并在女性身份意识的共同作用力之下，导致少女在审美态度上的心理冲突。这也是少女期的烦恼特征。

这促成了少女的文学阅读情绪走向了回避外界的内心探求，带有"自恋"的倾向。

心理冲突与烦恼的无法解决，审美追求的失落与对现实的失望，使少女期容易返回到自我中心的状态，回避社会现象和现实生活规则，回避女性身份意识的困扰，而扩张自身的价值，任意与逍遥，以此释怀。

由本能冲动出发，少女时期最为期待的莫过于给予这种惶惑以解释，给予这种冲突以缓解，以及给予这种对青春男女间的矛盾心理以指引，她们便倾身倾心地追求着"理解""沟通"和"少女美"的文学。然而，更深沉的内在结构和更日常的现实却常常使得这些文学显出徒具表象或者未解人意，无法真正平息她们的心理曲衷和心理狂潮，也难以使她们真正获得面对现实的自信。因而，她们的深层心理还是回到了少女的孤独，紧缩在自我中心的自恋灵魂之中，舒放于自我幽情的空花里。

由此，"逃"的主题，往往就更切合了少女的审美态度。

这里似又能看到少女分成两类形态：一类是正统的自我迷幻，无奈地逃向虚构的爱乡和浪漫的人物；另一类是逍遥的自我放逐，执着地逃往玄思和大自然。前者，我们可在言情小说的崇拜者中较明显地看出。应在此指出，她们在清醒的狂热中那一份有意逃避现实感的性质，以及乐于沉浸在女性自我中心主义的懈力，是用一种为"她"（自我）而设的抒情局面去淹没不安的现实女性身份意识。少女的这类需要，起码有稳定心理的功能。

后者更追求的是超然，往往淡漠于被认为是压抑、乏味和平庸的日常社会，而狂热地投身"自然界"，在与无人性、无社会感的大自然的对话中，她的心才无往不达，在彻底的精神自由中获得了某种自我中心的快乐。她在大自然中所获得的一切关于干净的感觉、自由的感觉、狂喜的感觉，都有着一种平息女性身份意识的功能。西蒙·波伏娃在《第二性》中曾精彩地描述过少女在此"寻得她超然自我之意象"。"在植物中，在动物中，她是一个'人'，她同时从家庭、从男人得到解放";"与大地天空合而为一，少女是引触点燃宇宙的隐约气息，是植物的每一小枝；她生根于土壤，以及无穷之意识，同时是精灵与生命；她之存在是专横的，胜利的，就像大地一般"。

应该指出，少女的这种对大自然的狂喜态度，是与别种反社会的、哲学的、禅宗的崇拜自然有所不同，这是少女特需要超越女性身份意识的自恋情绪内驱力。少女对从自然特别感受到的东西，如西蒙·波伏娃所引录的，是"因为它永远在一种自守的活动中，占有它自己，坚不可移"。

"逃"的审美主题，也正是台湾作家三毛作品的旨意。少女显然对印有精神飘荡、生命精灵化和游魂玄思的气息格外地心向往之。这已不是一般的优美、抒情之说可囊括的。

我们认为，少女的这类审美情绪是值得加以特别关注的，也许，这是少女时期最美好的一个情感阶段——它在少女灵魂的孤独自恋中，开放出的却正是她在暂时不适的现实中所不可能涌现的精神珍宝。它是少女生命向生来强加的男性社会规则作出的抵御和自我表白，并由此表现了少女的特殊精神财富。它十分的生命化，身体感官与万物相通；它于自我放逐中，却走通了另一条探察世界存在之物微妙与来源的知路；它的玄思虽幽深却是热忱的，不失为另一种对规则的解谜；它解放出了少女自身的活力与魅力，也表达出了她在压抑的现实中所不能升华的智力。

少男少女述异

在此，有必要重申一下，我们要对此有所认识：所谓"少男少女"文学，其少女的审美态度，同少男的表现是不尽相同的，不能对少男少女等而视之。

其一，少年男孩在审美活动的投射中，身体和精神是联结一起并相互促成的；而少女在审美中却往往有可能身体方面的内容与精神方面的内容是分开的。她可以在生理的本能吸引力上渴望着异性伙伴的活动，但在精神追求上却并不一定投向他，而可投向老师、能者以及理想的成熟男人。这便在少女的文学阅读上反映出一个难题：她较少能同时满足。她既需要有青春生命的冲动，又需要有丰富经历和丰富内心的成熟男人洞悉她、爱她。《简·爱》和《悲惨世界》是被少女读者接受了的，另外可能就是大自然了。对自我放逐的少女来说，它不能不是无性的又有性的。这一切都属无邪的对生命冲动和克服心理冲突的呼唤。

其二，在少女的自恋性审美倾向的同一时期，少男在能力的增长之中也形成一种自我中心状态，但其倾向却同少女相反，它指向着漫无边际的未来、社会改造、主观臆想的计划，无所不能，甚至是狂妄。用皮亚杰的术语来说，少年的这种自我中心状态，都是主体天真地用自己的认识结构"同化"世界的结果。

夏皮罗在《"男人"的新定义》中指出："男人在他们开始意识到'害怕'的时候，证明他就是一个'成年人'了。但这时他们往往自恋，玩世不恭，接着才是他们发展到'男子汉'的阶段。"而少年，还未到害怕多思的情感阶段，所以他们的自恋及其审美表现一般要滞后到青年时期。这也是少男和少女的一大区别。

其三，我们也有必要对少男少女在审美上发展至成熟期男人、女人阶段的表现先有所认识，这样对回过头来把握现在有好处。这种认识就是，男性的审美活动总具有一种"空间"的性质，而女性往往带有"时间"的性质。这在儿童游戏阶段即已有表现，并隐约贯穿在以后阶段的发展中，而到成年期（青年阶段）便日益明显起来。男性是一种精神扩张，审美心理有一种运用望远镜的性质。男孩游戏的活力性，器具和行具癖好以及角色扮演的意义暗语中，就存在着那种对世界的"进入感"；对"叔叔"型人物的热衷里，明显有着更具体的"区域感"或可说"领地感"；至青少年，便突出地表现为扩展和占领的意识。然而，女性是一种精神缠绵，审美心理有一种对镜观照的性质，看重实际进行过程，看重进行时态的价值。女孩在办家家和哺育布娃娃的游戏中得到过程的满足，在装饰美的顾盼中获得的是品赏的趣味，少女的自恋中"等待"的暗意十分浓重；而至青春女性之时，揽镜的心理则开始生出惊惶，惊惶于未来的"时间性"——一是结婚年龄的临近（这对女性的影响力极有必要在审美态度倾向上加以涉及）；二是伤春惜花的年龄失落，渴望成熟渴望长大的心理可能会发生急转，她想到更多的也许会是如何抓住和利用青春（时间），也许会是如何托付自己的一生（时间）。

这种对男女成年期之前阶段的审美活动性质的把握，有助于理解和透视少年儿童的文学心路历程，以及他们走向成熟的态度。

释　放

我们的儿童文学作品长期以来总是无视或回避去反映儿童精神现象中的狂野、神秘、蛮性、白日梦等内容，由此使我们的艺术表现（尤其是小说）缺乏一种本该拥有的魅力和活气。

教化的精神，不幸淹没了游戏的精神。

中国传统文学观念强调的是载道与内省，向来没有让儿童在文学阅读中痛痛快快地发泄、为所欲为以及"玩"的这一些意识。儿童文学几乎被冠以至高无上的"爱的文学"的名义，这似是而非的美名，却足以断送儿童文学的艺术活力，并舍弃掉了儿童美学中的一大功能——释放。

我们在此探讨作品的释放功能是如何在儿童文学审美双向结构中起到中介作用。

文学符号与儿童心理能量

游戏活动，便是这种释放的中介之物。从儿童的游戏性行为上，我们可以较直观地看到儿童的心理能量是怎样存在。在那些自发性的儿童游戏中，他们似小兽那样癫狂和叫喊，乐于在装神弄鬼中去陷入恐怖，一切追击性活动都易于兴奋，撕扯和毁坏、跌和撞都能产生快感，对积木的崩塌与具体的瓦解都有一种莫名的喜好……

这一切表现有时被称为是儿童的"破坏心理"。我认为应该从童年的身体与情感的关系上，去深入地作一种"心理能量"的认识：它有无意识的基础，也有社会化过程压抑的因素，并特别强调"动作"的审美根源性与"器官"的美感实现性（将有另著表述）。

这里可见的是，在儿童的心理能量表现中存在着许多为教化观念所不容的内容，而且正是被一切正统文化、文学以及社会职能所压制的对象——无疑，儿童的身体与精神往往处于一种被压抑的状态之中。

释放的观念与对儿童期精神现象的理解直接有关。

从迪士尼乐园以及一些现代儿童游艺器具的设计思想中可以看到释放的中介功能。它是儿童的喜好与成人对儿童的理解和有意味的引导两者之间的结合性作品；它既对儿童受压抑的精神具有一种投射和补偿的作用，又相应地开发出儿童潜在的原生性知力。那些怪诞的形象、荒唐的景象、恐怖的遭遇，以及那些可以让孩子们在其中任意跌撞、摸爬和喊叫或涂抹的现代玩具设施，都将儿童内心中隐秘的那一部分内容、那一股心理能量痛快地释放出来。《米老鼠与唐老鸭》卡通片也正可从释放的观念去作一种深层透视，其间同样充满了原生性的动作和平日被压抑的心理能量，充满了诸如崩坍、瓦解、追击等蛮意性的运动觉。

成人给予儿童的这种释放，显然已对平衡儿童精神起到作用。另外值得注意的一点，它唤醒和训练了儿童感觉器官的审美机能——运动觉。我认为童年的身体对人的情感发生和审美心理建构具有特殊的意义，感官与器官其实是审美活动得以发生、发展和实现的通道，也是心理能量的原始生命冲动和后天社会性内化的器质性体现，而所谓儿童期的精神压抑现象，其实恰恰就是指向儿童的身体、感官和器官，所有的禁忌及压制的形式，细究起来统统是针对儿童的手、脚、嘴巴，针对着不许动、不许去、不许讲和不许看，等等内容。于是，释放的功能，又在于潜形地起到唤醒和训练儿童的审美机能基础的作用。

黑格尔曾指出，"手段是比外在的合目的性的有限目的更高的东西"，比如工具的被创造，就是一种实现的中介物。游戏活动以及某些体育活动，都是给予儿童被压抑的心理能量以释放功能的中介物，它们本身便凝聚着深有意义的普遍性的审美价值。在它们被创造的形式中，无疑也具有有意味的能量感，这才得以使儿童的诸如狂野、暴力、冲撞和戏弄等运动觉对应地实现转化、投射和释放。

儿童文学作品也可成为释放的中介物。

它的文本的文学符号，同样具有能量感。上述那些在游戏或体育活动中释放的心理能量，也同样可以在作品的文学形式中得到释放，如我国近年来的热闹派童话，其美学意义正可从此见出。

从儿童小说来看，我认为释放所能带来的一大片存在儿童美学价值的创作领域似还未加开拓。除了上述那种更具有身体性和动作性的心理能量释放之外，对儿童的精神现象和压抑状态来说，还有着更具意象性、情绪性的内在心理能量的释放需要——如作恶的、野蛮的、神秘的和委屈的种种内容。这些，也许是比狂放和打斗能释放更多精神性情感的文学疏导，也更适于儿童小说魅力的表现。

"力"高于真善美

从儿童的审美情绪特点出发，若完全以"真善美"的追求去对待，其把握是值得商榷的。在儿童身上，对"假丑恶"所表现出来的强烈兴趣，值得我们作再深思，再探究。

这在儿童群体的行为中有着大量的表现。他们模仿电影中的反派角色；他们不学正经，要学卓别林的怪诞动作；他们对恶魔和妖精的行为有着兴趣……这一切并不需要我们去推崇或给予，而是从中深思：在儿童阶段的认识水平中，对真善美、假丑恶这两组文化标准所呈现出的是一种不同于成人的理解态度，儿童对真善美和对假丑恶的兴趣，也许统统都不过指向一个追求——"力"，这其间活跃着一个最大的动因就是儿童反儿童化的心理能量，儿童的压抑情绪和儿童初级审美的实用态度，都促使着他们去追求生命力、力量、能力、智力、自信力。在他们的审美态度中，也有着审丑的兴趣，有时甚至更强烈一点儿，但他们趋之若鹜的其实只是行为的"力"，而少有成人的道德判断。

这启示着我们从释放的角度去思考儿童文学的审美功能。主张"爱的文学"，是对儿童精神现象的这一面作轻率的否定，也许会使我们失去一个重要的儿童审美特点，以及它所能带来的美学味。

现代儿童研究早已认为，"过分保护"含有对儿童真正的伤害。

现代玩具中出现丑陋、怪诞、狰狞恶鬼等形象，不是不负责任的堕落，而是对儿童心理特点的深刻见解之为。这里，游戏精神承载了双重的作用，既对应儿童内心的心理能量冲动需要，又隐含有给予儿童能力以适应未来冲撞的用心。而若以我们的游戏与西方的游戏来比较，便可看出我们所专注的是团结、互助、友爱的游戏行为，却失去了游戏精神中最有意义的暗示：输与赢的意识，竞争与规则的意识，失败与运气的意识。

"爱的文学"其实似是而非，尤其对儿童文学来说，容易形成软性的审美态度。

只写敌对双方的善恶之分，对儿童读者的审美特点来说，意义并不大。福克纳的《熊》，旨在写对手关系，这更能给儿童有效的意识。只写战争的胜利，回避战争的残酷；只写人类的爱，回避人性的丑陋；只给儿童一个善的世界印象，回避诸如《白比姆黑耳朵》中恶行更盛的局面，对儿童的未来生存能力反有伤害。

释放出儿童内心中的"力"，并不会释放出一个潘多拉盒的魔鬼，而会是一个阿拉伯瓶中的巨人。

野与神秘

儿童精神现象的另一大明显事实，是野蛮的心灵和混沌的心灵的浮现，这人所共知。但若要以"释放"的观念有意识地召唤出儿童内心的这一股心理能量，还不得不超越所谓"脱离现实"和"虚幻"等偏见，去认识它所真正具有的儿童审美功能，以及它所能特别地带给儿童文学的美学味。

"野"的意义，就有待深思。

儿童的狂野、狂放，在童话中可以较大程度地予以表现，在小说中却一直少有如《哈克贝利·费恩历险记》的野气流露，这是狭义社会强烈挟持儿童文学的一种后果。我们的儿童小说几乎成了家庭问题、学校问题和社会问题的文学，而与"野性"相隔甚远。这种野性，又并不是加上大自然或荒野的环境背景就算触及的——我以为它更有意义的是对儿童的野性思维给予关注和释放。

儿童的野性思维无疑深深蕴藏着原始的能量信息，开发这种思维本身，就是儿童文学价值的一大宝藏。野蛮的原型情感，幽古的超验情绪，巫与魔的体验方式，万物有灵的心意，都是儿童内在的原生性内容，一个成人作家能够理解儿童的这种生命感觉，能够给予儿童这种原生生命气息以呼应，真是一种幸福。他将不会对本行发出只是"小儿科"的叹息，而知道儿童身上本就存在着一个近乎无限广大的精神和文学领地。

神秘和神秘感，是可以与此共生的内容。

对此，我仅想提及的是，现实主义地观照神秘气息和神秘感，其意义似乎对儿童审美功能的作用更大。好比真实的飞碟发现报告会使儿童陷入最激动的情绪中去一样，原因在于儿童的"神秘感"本是一种现实态度，能区别于超现实的神话和童话的虚幻性，应是更对应儿童心灵的追求。这从中所透露的儿童美学意味，是召唤、肯定和强化儿童神秘感的世界图像，对于儿童心灵的发生与建构来说，我以为，神秘感的世界图像优于批判性的世界图像。

"委屈"：儿童悲剧心理

释放的含义，也并非仅指儿童无意识层面的压抑，还有着日常的社会性精神压抑内容。

对儿童，有无构成悲剧性心理的情绪与消释？

我以为，它是以"委屈"的形态出现的。儿童尚达不到纯粹意义的悲剧情感的境界，他们阅历、人生感，尤其是命运感的缺乏，使得他们难以由情感的饱和状态升华成悲壮和崇高的悲剧心理；但是，他们也有悲伤，也有伤心，从释放的审美意义来探寻，我以为，"委屈"就常是一条通向儿童式悲剧感的感情小路，它从好人、坏人、公正、不平的世界走来，伸进孩子们敏感的心灵天平。特别有儿童美学意义的地方是，"委屈"情绪的把握，往往真正触及儿童日常内心隐抑的情绪点，那就是成人或社会对儿童的压制、无视和冤枉。对儿童来说到处都有蛮横、强迫、曲解、专制的存在（无论是父母还是老师或社会人群，反正都是大人），然而，儿童的弱势，以及孩子对大人所抱有的亲情或敬畏，又使得他们难以产生真正的敌视和仇恨，所谓儿童的反抗或愤怒其实并不具有日常意义，而"委屈"情绪，常常更能体现出因无告而抑郁的儿童精神世界。这种儿童生活的现实，正是他们这一阶段所能产生的隐约的悲剧感。

对"委屈"的情感释放，会产生强烈的儿童审美情绪效果。

诸如好人受气、英雄遭屈、是非颠倒、真相不白，以及冤枉、错怪等这一类情绪，对打动儿童来说真可谓是心灵知友。能为儿童喜爱和动心的作品，往往有着这一方面的释放因素，民间的"老三"故事，忠奸故事，《海的女儿》《丑小鸭》《白比姆黑耳朵》，等等，都借此传达出了一定涵量的悲剧感。中国的孩子们对唐僧错怪孙悟空的情节所表现出来的深厚强烈的感情反应，也是能见出其中缘由的。

近年来，我国儿童文学的不少力作，如《弓》《独船》《白色的塔》《第七条猎狗》《上锁的抽屉》《告别裔凡》《那个夜》等，在触动少年儿童这一情绪点上，竟都有略同的表现。再如涉及青少年朦胧爱恋或种种渴望理解的作品，从情绪释放的审美机制角度来看，都有着这一深层背景。

儿童的沉默也许比嬉闹更值得注意，儿童的哭也许比笑更具成长性质。

"说"之癖与"说"之抑

对释放的功能探究，还涉及儿童对言语（不是语言）的内在需要。在儿童心理现象中，他们的啰唆和喋喋不休，他们的贫嘴和疯话，都有着心理需要的内在冲动，说话对他们来讲还有着比之成人的内容性表达更为关注的问题，那就是一种能力；其实，成人对儿童的说话也是当一项智力程度来对待。儿童深知于此，口齿伶俐就是聪明，不会说话就是呆子。"说"的意义，从儿童角度来看是很重大的问题，其背后是有着焦虑的精神根源的。

这可突出表明，儿童内在需要的倒并不一定是"语言"的文学性，而更是一种"言语"的能力。也可认为，他们的兴趣是在"说"的文学性之上，表现为追求"口语"能力。

这明显地在少年儿童的文学需要上体现了出来——他们异乎寻常地喜爱相声，喜爱绘声绘色的评话，喜爱妙语连篇的笑话，喜爱能说会道的阿凡提，等等。这一切不能不让我们追问：就在孩子们看似追求喜剧性文学的现象底下，还隐藏有什么样的内在根由？我以为，这能体现出儿童追求说话能力的心理需要，而且在这一类语言艺术中，他们尤为欣赏的便是种种口头表达的能力，儿童对这种能力的需要，首先倾向于机智的表达。言语机智的能力，正是孩子们渴望而未达到的能力向往——论辩的表达、嘲讽的表达、说明的表达、反问的表达、诘难的表达、推理的表达和装饰的表达，等等。

儿童审美心理机制的发展上，应该给予"文字游戏"应有的价值地位。

儿童文学语言的游戏精神便体现在此。如果说幼儿文学语言上存在着大量字音的文字游戏，那么，在中高年级儿童文学语言上则存在明显的句法的语言游戏。

有意识地从"说"的言语意义上给予儿童读者以释放（含投射效应），有助于对儿童文学作品语言问题的探求。显然，它似更多地与"人物"方面有关，无论是对话还是描绘，更多牵涉人物行为的状态，这正是儿童的需要。首先是人际交往的能力。随着不断成熟与情感需要的发展，他们也会有精神交往的需要，才会增强"景物"的意义。

形式挪前

在这本小书的最后一节中，我想尝试提出一个关于儿童文学取向"重新定位"的问题。

本书前述的几个儿童审美功能的主要观念——儿童反儿童化，两代身份的精神对话，文化基因等，其中都有对儿童文学作品创作进入角度的思考。我认为，在儿童美学的观照下，在儿童读者与成人作者的审美双向结构的形态中，有可能重新思考儿童文学的基本概念和基本形态：它将探讨改变自己以往的根本出发点，即在题旨追求上，不再以"小"为本，而是以儿童审美发生的规律和功能为基础，取得一个从"大认识的母结构"进入的新角度，走向儿童文学艺术形态容器的新边疆。

这是一个旧梦，安徒生童话的艺术梦境；这是一个新梦，现代儿童文学（尤其是儿童小说）的未来梦想。

"形式挪前"，正是作这一萦绕于心的梦思。

如果允许对成人文学和儿童文学各作一种直感把握，那么，是否可以来作这样的比拟——成人文学是一块金刚石，它每一颗都是那样紧密，是经得起高度研磨的复杂结构的复合；儿童文学则是一颗琥珀，它浑朴透明，藏着一个遥远的故事，于形中寓意，一副原始原生和天生天趣，令人想到时间的邈远，天地的洪荒，人类的来处。

成人更懂价值与运用。儿童更爱世界与人本。

现代寓言形态的审美复合层次

儿童文学的主题，是否永远无法去追求深刻或哲理化？

长期以来，儿童文学以"浅显"为美学规范的限定，实际上拒绝了主题的深化和意境悠远的实现可能性。其实，在儿童文学的传统中恰恰透露出一种普遍的哲学气，甚至包括许多低幼的故事，主题并不浅显；神话、童话和民间故事，在单纯的叙述方式之中，活跃着本民族的道德伦理法则和最根本的信条，直接表现人类的重大主题，如好人与坏人、善与恶、罪与罚、战争与和平、良心与道德等做人的根本，民族的根本，大自然的根本，社会行为的根本，人类情感的根本，人在这颗星球生存的根本——这些"根性"的主题，正是赋予人之"初"的儿童文学审美发生意义的本身荣耀。

它隐含的核心内容，正是"规则"。

那些所易表达的根本性主题，就是一些根本性的规则。规则，原生地、积淀地、整合地和进化地保存了人类及社会生存方式的核心内容，是禁忌与允许、抑制与运行的法则，是对人的本能和欲望的管束力量，也是人的存在和发展的指导力量。

它简约，重大，如同"游戏"之"游戏规则"。

成人社会和儿童所共同关注的这种规则，以审美方式出现的特点就是:"寓言"的形态。

对人的处境作一种寓言式的表达,最切合于传递这一性质。这种寓言形态,对体现儿童文学的主题精神来讲,显得意义重大,并成为儿童文学尤其擅长的独特美学意味。

凡是带有寓言性质的文学,叙述语言都极其浑朴、易懂,表达方式都极其形象、鲜明,完全是儿童所能接受的。这种文学启示录式的作品总给人深远又简明的审美感受。历史上的圣经故事、佛经故事、禅宗故事以及一切喻世作品,如《伊索寓言》和所有国家的民间故事,都几乎简化成了类似儿童文学的形式,而且也确确实实能成为早期的儿童读物,其功能也当在此。

这种寓言气息正日益为现代文学所关注,弃它的教训与劝世的陈腐,而提取它的复合结构层次的暗喻效果,对抗日趋纷乱的表层交叉写作手法,以使作品疏朗而意蕴无穷,以寓言化来囊括整个结构。许多现代文学作品如《变形记》、荒诞戏剧《犀牛》《老人与海》等,都采取了几近儿童也能接受的简约形式,这种现代寓言形态的美学意味,有无可能以此贯通成人与儿童的某些文学价值?对此,儿童文学即使不应过分兴奋,也肯定能从中获得自己对高级追求的启示。

我以为,寓言性质对儿童文学处理主题的最大启示,便是"形式挪前"的美学内容。

长期以来,儿童文学要走向深刻,走向哲理,确实存在着儿童读者接受上的难题,然而,正像游戏的形式可以寄寓基本法则,玩具的形式可以表达高级智力,琥珀的形式可以显示出悠远情绪一样,儿童文学也可以通过寓言化的处理来完成根本性规则内容的传递——形式挪前，就是把最高级的精神内容简化成单纯规则性的形式传递给儿童。

"形式"的意思，不同于艺术上的象征，更不同于抽象，而是一种大象微言，是一种由博返约，是一种格致，通过提炼根本规律而实现简形。它显然不是指艺术形式与情感的审美心理关系，也不是指人与作品之间美感的"有意味的形式"，而是指一种现象构成的基本形式。它首先具有供接受对象的简化把握，然后又具有供接受对象的推导完形，本质是一种形式操作。

我国美学工作者曾运用审美的形式感，提炼出根本性的数学规律形式，使小学一二年级的算术能得以超前掌握代数的精神：

$$\left.\begin{array}{l}2+1=3\\1+2=3\end{array}\right\}\text{加号前后，可以对调。}$$
$$\left.\begin{array}{l}3-2=1\\3-1=2\end{array}\right\}\text{头尾对调，加减改号。}$$
$$\text{减号后，等号后，可以对调。}$$

（见赵宋光《论美育的功能》）

这启示着我们思考儿童文学审美功能之中的"形式挪前"的审美功能，还在于它向儿童提前透露的根本性主题，具有一种穿越文化层的透明度。

有如牛郎织女的故事格局所透露出根性的中国家庭观念一样；有如贪财老大和善良老三这类故事格局所透露出根性的东方伦理态度一样；有如刘关张结义的故事格局所透露出根性的民族忠义精神一样——这些，都成为一种接近"母题"性质的根本形式，带有能映现文化心理的透明的美感。

人类的文化和心理是几千年的积淀，以儿童的特点，则应穿透那些复杂紧密的沉积层，直接贴近到简单然而不乏厚重之感的原生底层，去寻找那尚无旁系网络的单一主根，并将历史同现在作直接单一的沟通，来明了地表达贯穿文化心理发展线索的母题。这种母题的文学（形式）性，即是本民族代代进化传递的根本意识和气质的载体，又是艺术功能的本体进化结构。

母题，应能产生直接的认同，即使儿童也易识辨。

如前所述，"船长"是西方的母题之一，"罪与罚"是俄国的母题之一，"单枪匹马"是美国的母题之一。它们都具有文化心理的透明度，具有琥珀之趣，是简化了的但又可作引申的"形式"。

然而，必须在此指出——更严格意义上的"母题"，指的是人类思维的原始概念，具有心理图式在建构中的发生基础。这里，对儿童美学极富意味的是，现代研究已经表明：儿童心理与认识的发展史不仅是重演了人类认识的发展史，而且，儿童思维中的概念程序与人类科学理论推导的顺序相一致，即与公理化概念的程序相对应。

发生认识论的重大意义启示着我们探究儿童审美发生的种种课题。

所谓的"母结构"，正可引导我们加深理解上述涉及根本性"规则"和"形式"的儿童美学问题——它采取的是一种追溯的方法，即从纷繁的现象和分支的现状开始，把它一步步还原到其最基本的形式（每一步骤都保证其客观性，不掺杂一点儿先验的东西），成了一种"元素性的普遍形式"，并能"由此再经过变分或组合演导出其他结构"，这就称为母结构。

给予儿童审美功能以"形式挪前",一是在于超前将人类与世界的一些根本性母题传递给儿童,二是在于儿童思维本身所有的母结构——我认为,从它对应的基础上,来寻找其双向的审美内容母题或"形式",便正指向"游戏精神"。

游戏精神中的形态、规则、行为、效应等,一经审美发生论的光照,便可显示出它所隐含的种种人类重大主题的母结构——在《蝇王》中,在战争、外交、科幻等作品的题旨中可略见一斑。

"大认识母结构"的审美介入方式

形式挪前,能在合理的超前传递中促使儿童提前掌握较高层次的内容,这一效应是显然可见的。汉语拼音字母,就正是一种形式挪前的运用,儿童掌握了易学的字母形式,几乎可以借此表达他想说出的任何话意。再有,儿童戏曲表演也含形式挪前的意义,一个稚嫩的儿童可以凭借服饰、化妆、台步、唱腔等戏曲程式(形式),几乎乱真地表现一个老苍形象。这些,都正是形式挪前的超前意义。

但我认为,"超前"并不是形式挪前的审美功能唯一追求的目标。形成儿童心理超前的底层机制还是儿童心理的发生与建构,而我们更应关注的是"形式挪前"在少儿文学作品创作中的运用,并以此来有力地影响儿童审美心理的发生与建构,追求儿童文学审美功能的深化。

也就是说,对"形式挪前"的把握,有可能为我们提供一种与传统儿童文学形态相悖的创作进入角度,即在题材和主题上打开一个从"大结构"进入的创作方式,而不是那种对儿童状态和儿童生活的直接介入方式。

我认为儿童文学的审美追求,更应走向对那些大的、古的、远的基本问题的表现,更应加深"母题"的意识,它所遵循的更应是一种间接的介入方式。

童话的精神与游戏精神,正在此中透露出更纯粹的儿童文学本性。

用大的结构,来框架儿童的审美活动,更对应着儿童心理,更对儿童的心灵建构负责。这正是探讨根本性"规则"和"形式"的意义。

用大的结构,来框架儿童的精神,走的是一种形式—格式—人格—性格—人性—做人,这样的审美接受路径,而不是反向的追求。

"从小做起",是儿童的行为方式。

而"从大想到",正是儿童的精神方式。

这里涉及的是一个"次序"问题。早期的裴斯泰洛齐便已经主张"教育必须适合心智演化的自然过程",皮亚杰的《发生认识论》更是深研了儿童思维的心智表现特征,同样对儿童"发生"地位作深深关注的弗洛伊德指出,"许多社会价值是在儿童还不能够理解和用语言来表达之前学得的"。

某些大认识和母结构,倒是儿童先有获得,并能接受。

人类思维中的这一现象,激励着儿童文学在审美功能上追求深化与扩展。显然,这一追求更强烈地关注于儿童文学作为文学的审美特性。

与此同时，我认为，文学也具有对更日常性、更社会化的现实直接介入的方式。其实，它总有一天将真正完成自我，走向更真实、更日常、更事件的"纪实文体"。

儿童文学的审美发生意义，则是它更深沉远大的根本性追求，无疑，它将省略和超越某些眼前不确定的东西，而首先以大自然的法则和人类的公理为本。

结束语

一种理论应是一种理想。

当一个民族从历史动乱的痛苦中重新复活，总会产生出一种追究文化之根的反思情绪，也总会产生出一种竭力想把握住文化未来去向的预测情绪，恰逢这样的时代，又总是有一批有识之士带着深远的意图走向参与下一代心灵建构的工作，走向儿童文学的活动。

我们的理论应充分估计到中国当代儿童文学在整体情绪上的这一倾向，从而闪烁出相应的召唤力。

儿童文学的美学味，发散出的是超越"儿童水平"的文学追求，在召唤中所升起的将是"文化基因"的审美发生意识。儿童文学的美学味，既要关注儿童读者的接受主体，也要关注成人作者的创作主体，以儿童文学作品为中介，达到一种双向结构的精神对话。

一种理论应是一种理想。

儿童是"一"。它是一个一生万物、万物归一的开放意味——

这样的儿童文学才有它应有的独特魅力，使倾心于它的儿童文学作家毕生走向如中国古贤所说"抱一"的精神世界和事业天地。

1988 年 11 月

主编小记

方卫平

一

2018年初冬时节，趁着我在北京参加一个活动的机会，时任河北少年儿童出版社总编辑段建军先生（现为社长）、副总编辑蒋海燕女士（现为方圆电子音像出版社社长）、总编辑助理兼文学编辑部主任孙卓然女士（现为总编辑）专程从石家庄来京与我见面商讨工作，包括出版一套儿童文学理论丛书的计划。

许多年来，儿童文学理论、评论著作的出版，包括理论译著的出版，受到了不少出版社的重视。作为最近40余年中国儿童文学发展历史的参与者、见证者，我以为，相对于儿童文学的研究传统而言，20世纪80年代以来的中国儿童文学理论批评在研究领域、观念、方法等方面都有不同程度的发展与变化，留下了一批富有学术价值的理论著作。我想，以"中国当代儿童文学理论文库"的名义，陆续选择、保留这样一些著作，应该是十分值得的。

这个建议，很快得到了河北少年儿童出版社领导的肯定和重视。在各位学者的支持和各位编辑的共同努力下，我们看到了现在这样一套理论丛书。

收入本丛书的著作，有的出版于 30 多年前，有的则于 10 来年前面世。在我看来，这些著作或对当代儿童文学的理论观念有所更新，或于现代儿童文学的研究领域有所开拓，或在儿童文学的研究方法上有所探索。它们学术体量都不算大——考虑到各种因素，本丛书暂未收入"大部头"的著作——但都不同程度上富有学术的灵感、个性或创意，因而，岁月流逝，它们仍然具有相当的学术意义和阅读价值。

对我个人来说，这些著作曾经在不同时期给我以教益，或者成为我在课堂上常常向本科生、研究生们介绍评述的中国当代儿童文学理论著作。

二

此刻，令我感到非常遗憾的是，丛书作者之一的汤锐女士，已经看不到《现代儿童文学本体论》这部她曾经牵挂的著作的再版了。四年前联系、约请她加入丛书时的情景又浮现眼前。

2019 年 3 月的一天，我通过微信与汤锐联系，恭请她携力作《现代儿童文学本体论》加入丛书。她当即答应，稍后又提及，是否可以将曹文轩教授对该书的评论《女性与理性——读〈现代儿童文学本体论〉》及拙文《我们思想舞台上的优雅舞者》（以下简称

《优雅舞者》）收入书中。经与出版社沟通后，这两篇文章以附录形式置于书中。

我由此想起了拙文写作的一些往事。

1999年秋天，上海的少年儿童出版社拟将该社主办的《儿童文学选刊》《儿童文学研究》合并为《中国儿童文学》继续出版。编辑朋友就刊物编辑事宜征求我的想法。我因此提出了一些建议，其中包括设立一个关于批评家的栏目——每期推出一位评论家一长一短两篇论文，另附一篇同行对该批评家的评介文字。编辑部接受了我的建议，第一期准备介绍我推荐的汤锐女士。10月下旬的一天，负责栏目的编辑朋友又找我说，既然是你推荐的，汤锐老师的介绍文章就由你来写吧，1500字左右。我听了之后马上说，1500字可能太少，只能印象式地点到为止，好不容易开设了这个栏目，建议给4000到5000字的篇幅。

大约是10月29日一早，我开始集中阅读、梳理汤锐的理论著作和多年来我对她的学术成果的印象和理解。汤锐在我们这一代学术同侪中，几乎是唯一的才女型学者，她的理论文字与她的为人一样，沉静、内敛、诗意、优雅。理清了思路，酝酿好了文气，10月31日下午3点半，我摊开稿纸，开始写作《优雅舞者》。那时候家里虽然早已买了一台386台式电脑，可是我这个"技术恐惧症"患者当时还是更习惯于用传统方式写作。也许是因为比较熟悉汤锐的理论文字和为人处世方式，到次日上午10点多，除了吃饭睡觉，算是一气呵成写成了4500字的《优雅舞者》一文。

我在这篇文章中认为："《现代儿童文学本体论》是汤锐迄今为止十分重要的一部理论专著。该书将学术触角伸向了现代儿童文学的本质、功能、美学特征、创作机制等一系列重大而基本的理论问题",并"出示了一个融解、弥漫着良好悟性的精致、绵密的理论构架。在此书中,作者除保留并发展了她充满感性色彩和优美品格的研究个性外,还显示出了相当出色的理性分析和逻辑演绎能力"。

我知道评论汤锐学术工作的文章太少,汤锐对此文是欢喜的。2009年,明天出版社出版四卷本"汤锐儿童文学理论文集"时,她以此文作为了文集代序。

几年前的那一天,她与我商量将此文收入这套丛书时,用微信语音留言说:卫平,我把你这篇文章放在我书中参考文献的后面行吗?我真的很珍爱你这篇文章。

我非常理解汤锐的心情,这里不仅传递了一份贴心的信任,也是对来自同行的专业呼应的一份珍视和体恤。

汤锐曾经笑着告诉我,她与文友打趣时说过:方卫平那样写我,我有那么小媳妇样儿吗?

这是因为我在文章中反复表达了这样的意思:"汤锐在儿童文学研究舞台上的最初亮相显得小心翼翼""汤锐似乎并不乐意在这个舞台上抢风头,直到今天,她仍然是这个舞台上一名小心翼翼的舞者,至少在她的主观心性控制中,她是低调而谨慎的"。当然,我是试图以此来说明拙文开头时出现的一句话:"这正好标示了汤锐为人为文沉稳内敛、学术心灵清静大气的特质。"

2022年8月18日晚上10点20分,我接到了曹文轩教授的电话。文轩用透着悲伤的声音告诉我,"卫平,汤锐走了"——汤锐女儿方歌刚刚告知,妈妈在一个遥远的国度飞去了更遥远的地方。

放下手机,一股难抑的震惊和悲伤淹没了我。当晚,我给台湾文友桂文亚女士打了电话。我知道，她们是闺蜜级的朋友。文亚说，汤锐与她告别过，她难过、流泪，已经好几天了。

文亚曾经常年为两岸儿童文学交流奔走，留下了大量与大陆同行往来的信函。近年来，她投入了很多精力和个人经费，聘请助理整理、扫描早年那些保存着两岸儿童文学交流历史和热络体温的纸质信件，并且一一归类入箧，寄还书信写作者本人保存。2021年春，文亚与汤锐商量寄还汤锐数十通手书信函一事。汤锐说，自己不便保存了。她们商定这些宝贵的信件先寄我保存。如今，那些以流丽的手书写就的信函停留在我手中，而斯人已逝，怎不令人怆然涕下！

我也把汤锐离世的噩耗告知了刘海栖先生。在我的印象中，汤锐生前的最后一篇评论文章，可能是为海栖长篇小说《小兵雄赳赳》写的《隐藏的文采》一文。此文对海栖新作的语言艺术做了精湛的分析，其中"看一个作家是否有天赋，要看他对文字的感觉，这一点，也正是我对海栖最认可的地方""他终于在文字中找到了自己""很多时候我们以为，文字的美是与辞藻的华丽程度成正比的，但其实更多时候，文字的美是与表达的准确程度成正比的"——这些分析、判断，真的是深得我心。

三

对于我而言，这套理论丛书的组织和出版，不仅试图保留一段中国当代儿童文学理论发展的历史成果，也是一段共同经历的学术前行和跋涉身姿的投影与存留。

我盼望《现代儿童文学本体论》与收入本丛书的著作，仍然能够在这个时代的儿童文学学术生活里，发挥作用和影响。

这也是我们对汤锐女士最好的缅怀与纪念。

谢谢河北少年儿童出版社，谢谢各位文字、美术编辑为丛书的出版所付出的心血和劳动。

2023年3月2日于余杭翡翠城